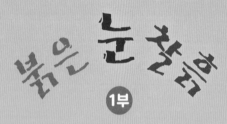

1부
새엄마가 수상해

1판1쇄 발행 / 2025년 5월 1일

발행인 김삼동
글·그림 김삼동
편집 조성훈
인쇄 선진인쇄
펴낸곳 도서출판 THE삼
주소 (03427) 서울시 은평구 서오릉로21길 36 현대@101동 401호
전자우편 ksd0366@naver.com | **전화** 02) 383-8336

ISBN 979-11-89780-17-3

붉은 눈 찰칵

1부

새엄마가 수상해

글·그림 김삼동

도서출판 THE 삼

작가의 말

찰흙을 조몰락조몰락 만지고 있으면 무얼 만들지 온갖 상상들이 펼쳐집니다.

곰을 만들까, 토끼를 만들까, 내가 좋아하는 짝지 얼굴을 만들까, 책에서 봤던 괴물을 만들까 아니면 우주선을 만들까 마음이 설렙니다.

특히 찰흙의 감촉을 손끝으로 느끼면서 만들고자 하는 동물의 특징이나 형태를 잘 살려 재미있게 만드노라면 마법 같은 일들이 벌어집니다.

찰흙의 종류도 참 많습니다.

어렸을 때는 논두렁을 파서 흑갈색이나 갈색 흙을 학교에 가지고 갔던 기억이 납니다. 그리고 학교에서 종이찰흙을 만든 기억도 납니다.

요즈음은 문구점에 가면 마음에 드는 찰흙을 살 수 있습니다.

그런데 찰흙세계에 가면 우리가 생각지도 못한 찰흙들이 많답니다.

마음찰흙, 거품찰흙, 낄낄찰흙, 방귀찰흙, 웃음찰흙, 간지럼찰흙 등 특히 어린이들이 가장 좋아하는 마법찰흙이 있답니다.

구약성경에도 기록되어 있답니다.

'여호와 하나님의 땅의 흙으로 사람을 지으시고 생기를 그 코에 불어 넣으시니 사람이 생명이 되니라'라는 구절이 나옵니다.

마법사들과 도공들은 여호와 하나님이 사용했던 흙을 찾으려고 세계 여러 나라를 찾아다녔답니다.

이야기에 의하면 율이라는 마법사가 신비로운 힘을 가진 흙을 찾았답니다.

'붉은 눈 찰흙'이랍니다. 찰흙의 알갱이마다 생명이 있답니다.

붉은 눈 찰흙은 정의로운 자, 가장 절실히 필요한 자만이 만질 수 있답니다. 조금이라도 나쁜 마음 또는 욕심이 있는 자는 붉은 눈 찰흙을 만지거나 보는 즉시 저주를 받는답니다.

여러분!

나와 함께 마법의 찰흙세계를 다녀올까요?

붉은 눈 창흠

1부
새엄마가 수상해

밤에 찾아온 방문자

톡톡톡!

나는 잠결에 소리를 들었다.

잠이 싹 달아났다. 이번이 네 번째다.

유리창에 비친 그림자는 새 같다.

첫 번째는 졸려서 잤지만, 두 번째와 세 번째는 불을 켰다가 그림자가 사라졌다.

'불 켜지마!' 내 머릿속에서 소리쳤다.

그저께 생각했는데, 해리포터 이야기에 나오는 부엉이일지 모른다.

'엄마의 편지를 가져왔다면 얼마나 좋을까' 라고 생각해 본다.

벽시계를 보니 새벽 3시가 조금 넘었다. 열린 방문으로 보니, 새엄마 인 마녀의 방은 닫혀 있다. 머리맡을 봤다.

책상 밑에 놓아둔 찰흙인형들은 그대로 있다. 아무렇게나 둔 곰인형도 손대지 않았다. 어제 망가뜨려서 버린 마녀찰흙인형과 유나찰흙인형은 돌아오지 않았다. 아직은 마녀가 내 방에 들어오지 않았다는 증거다.

새는 날아가지 않았다.

아파트 놀이터에서 본 비둘기일까. 소쩍새일까.

언젠가 엄마가 뒷산에 소쩍새가 산다고 말했다.

톡톡톡!

또다시 새가 창문을 쪼았다.

'마녀가 깨면 안 돼!'

내 머릿속에서 비명을 질렀다.

방금 소리는 안방에 자는 마녀가 들었을지 모른다. 아직 인기척이 없

지만 안심할 수 없다. 마녀는 몰래 다가와 나를 놀라게 하는 걸 엄청 좋아한다.

나는 다시 한 번 안방문이 닫혀 있는 걸 확인했다. 내 오른팔을 붙들고 자는 동생의 손가락 하나하나 벌려서 팔을 뺐다. 그리고 캥거루처럼 상체를 숙이고 창가로 다가갔다.

손가락 끝의 힘으로 창문을 천천히 열었다.

찬바람이 휭 불어와 얼굴에 끼얹자 몸이 부르르 떨렸다. 바깥은 어둡고 하늘에는 별들이 반짝였다.

"뭐야!"

한눈에 봐도 찰흙으로 만든 새인형이었다.

주둥이나 꽁지가 뭉툭하고, 날개는 물감으로 여러 번 덧칠했다. 비둘기보다 몸뚱이는 큰 데 부리는 오리 같다.

내 머릿속은 놀랍고 혼란스러웠다. 짚이는 사람이 있다. 새엄마인 마녀라면 새인형을 움직이게 할 수 있다. 나도 마녀가 준 찰흙으로 만든 인형이 있다. 마녀찰흙인형과 유나찰흙인형인데 망가뜨려서 버렸는데도 다음날이면 멀쩡한 모습으로 내 방에 돌아왔다.

"우읍!"

오른손을 뻗어서 새의 몸뚱이를 움켜쥐려는 순간, 새가 아니라 커다란 손이 내 손목을 홱 비틀었다. 팔이 비틀리면서 내 등이 창 쪽에 닿자, 손목을 잡았던 손이 내 목을 감아 당겼다. 그리고 다른 한 손은 내 입을 틀어막았다. 그때 내 손을 비틀 때 머리가 올라오는 걸 봤지만 얼굴은 보지 못했다. 순식간에 벌어진 일이었다.

"으으으!"

내 입을 가린 아저씨의 손목을 두 손으로 당겼다.

힘세고 굵은 손목으로 보아 아래층에 사는 할아버지의 손(할아버지가 새의 흉내를 냈다는 생각은 아주 잠깐)은 아니었다.

내가 아는 사람들(정육점 아저씨, 연희 아빠와 지킴이 할아버지, 선생님)을 차례로 떠올렸다. 이들 중에 이렇게 억세고 힘센 사람은 없다. 우리 집은 8층이고 사람이 타고 올라올 만한 이삿짐 사다리차도 보지 못했다.

"아홉 살 꼬마치고는 힘이 세구나."

"으으으!"

"꼬마야. 난 널 해치지 않아! 너에게 꼭 전해줄 게 있어서 왔다고."

아저씨의 굵은 목소리는 차분하고 부드러웠다. 날 해치려는 마음은 없어 보였다.

나는 소리를 치지 않을 테니, 그리고 아저씨의 얼굴을 봐도 말하지 않을 테니(말할 사람도 없지만) 입을 가린 손을 치워달라는 말 하려고 기를 썼다. 무엇보다 숨을 쉴 수가 없었다. 하지만 내가 힘을 쓰면 아저씨 손의 힘도 내 잇몸을 더 세게 짓눌렀다.

"계속 이럴 거야?"

"으-, 으!"

꿈이었다.

창문은 달빛이 가득한 금빛이었다. 두 손으로 셔츠를 당겼던 손가락 안쪽 마디가 아팠다.

'헉!'

깜깜한 방문 앞에는 새엄마인 마녀가 있었다. 눈동자가 고양이 눈처럼 푸르게 빛났다.

곰 인형 속에 숨긴 찰흙

쏴아아!

티잉! 팅! 텅!…

잠이 깼다.

이른 아침부터 마녀가 주방에서 물을 세게 틀어놓고 유리실험기구들을 씻었다. 매일 아침 벌어지는 일이다.

나는 짜증이 났다. 일어나라고 깨우면 될 일인데, 굳이 내 방문을 열어놓고 유리실험기구들을 요란하게 씻었다. 언젠가 내가 불평을 늘어놓자, 마녀가 날 깨우는 훌륭한 알람 소리라며 낄낄거렸다.

흠! 흠!

'이 냄새는?'

마녀의 몸에서 나는 냄새다. 바닐라향 냄새와 토할 것 같은 시큼한 약 냄새. 마녀가 내 방에 왔다 갔다는 증거다. 그리고 내 몸이 이상하다. 냄새도 맡고 소리도 들을 수 있다. 하지만 눈도 뜰 수 없고, 몸의 감각도 없고, 손가락 하나 움직일 수 없다. 내 친구 연희 엄마는 내가 잠이 덜

깬 상태에서 겪는 일이라고 말했다. 어려운 말로 가수면 상태 또는 얕은 잠이라고 했다.

나는 연희 엄마 말을 인정하면서도 왠지 꺼림칙하다. 일주일 다섯 번은 잠이 깨면 의식이 있고 몸의 감각도 느끼고 화장실에 가고 싶으면 일어날 수 있었다. 하지만 나머지 두 번은 의식만 있고 감각이나 손가락 하나 움직일 수가 없다. 그리고 몸이 이상야릇한 일을 겪는 날이면 마녀와 마녀의 딸 유나가 콧노래를 부른다는 거다.

이번에도 책상 아래는 안 봐도 뻔하다. 책상 밑에는 마녀찰흙인형과 유나찰흙인형은 멀쩡한 채로 돌아왔을 것이다. 시간이 멈췄으면 좋겠다. 그러면 마녀가 실험하는 걸 멈추고, 나는 학교에 가지 않아도 되고, 내 동생은 엄마를 찾지 않아도 되고….

엄마가 보고 싶다. 하늘만큼 땅만큼 보고 싶다.

엄마는 우리를 하늘만큼 땅만큼 사랑한다고 했다.

이제 이불 속에 있는 내 몸이 따스한 온기가 느껴지고, 손가락도 움직여졌다. 주방에서 유리실험기구들을 다 씻었는지 그릇 부딪치는 소리만 간간이 들렸다.

눈을 떠야 한다.

마녀찰흙인형들이 왔을까? 곰인형은 손대지 않았을까?

눈을 떴다.

헉!

마녀찰흙인형의 입술에 맺혔던 핏방울 하나가 내 입안으로 쏙 들어왔다.

어제 아침에 마녀찰흙인형을 망가뜨려서 팔과 다리는 쓰레기봉투에, 몸뚱어리는 학교 가는 길 하수구에, 머리는 학교 쓰레기통에 버렸다. 그런데 마녀찰흙인형이 멀쩡한 모습으로 오른쪽 목 가까이에 있다.

'내가 몇 번이나 말했잖아! 날 아무리 망가뜨려서 버려도 소용없다고. 이 멍청아! 난 마법찰흙으로 만들었다고!'

마녀찰흙인형이 으르렁거리는 눈빛만 봐도 무슨 말을 하는지 나는 안다. 말하는 눈빛이나 표정이 꼭 마녀 같다.

나는 일부러 씩 웃었다. 살려달라고 빌거나 겁먹을 필요가 없다. 몇 분만 지나면 마녀찰흙인형은 찰흙으로 된 인형이니까.

'흥! 마음껏 웃어보라지. 내 너를 가만둘 것 같으냐!'

'두고 봐. 내가 크면 기차 타고 널 아주 먼 곳에다 버릴 거다. 아니면 배 타고 가서 태평양 한가운데에 빠뜨릴 거야. 그러면 상어들이 먹이인 줄 알고 꿀꺽 삼켜버릴걸!'

나는 웃으면서 눈으로 말했다. 마녀찰흙인형과 싸움에서 지고 싶지 않다.

짭짤한 피 한 방울이 목구멍 속으로 천천히 내려갔다. 마치 벌레 한 마리가 목구멍으로 꼬물꼬물 기어가는 것 같다. 뱉어내고 싶지만, 아직 내 몸은 움직일 수가 없다.

1분이 지났다.

마녀찰흙인형의 눈동자가 흐려졌다. 이제 마녀찰흙인형은 찰흙인형이 될 시간이다.

주름살이 가득한 마녀의 얼굴. 피가 흐르는 입술 사이로 날카로운 송곳니, 음흉하고 사악하게 웃는 미소, 마구 헝클어진 머리카락과 매부리코를 가진 사악한 마녀다. 마녀가 준 찰흙으로 내가 만든 거다.

첫날, 새엄마인 마녀가 아빠한테 우리를 친자식처럼 돌보겠다고 약속했다. 맛있는 쿠키도 만들어주고 내가 좋아하는 찰흙도 사주면 금방 친해질 거라면서. 그런데 다음날 우리가 해야 할 다섯 가지를 말했다.

첫째, 책상 정리와 방 청소, 이불을 펴고 개는 것까지 스스로 하기.

둘째, 옷은 3일에 한 번씩 갈아입기.

셋째, 목욕은 일요일 오전에 할 것.

넷째, 문을 잠그지 말고 잘 때도 한 뼘 열어 둘 것.

다섯째, 동생들과 사이좋게 지낼 것.

저녁에 집에 온 아빠에게 이 사실을 말했더니 일곱 살이면 젖먹이 아기가 아니라고 말했다. 새엄마가 시킨 일을 두 살 어린 유나도 다 하는데 내가 하지 않는다고 나무랐다. 그러면서 아빠는 여섯 살 때 논밭에 나가 엄마 일을 도와줬다고 말했다. 아빠가 다섯 살 때 아버지가 돌아가셨기 때문에 집안일을 도와야만 했다.

나는 큰 충격을 받았다. 아랫집 할머니, 할아버지도 아빠처럼 말하지는 않았다.

그날 밤 나는 울면서 마녀가 준 찰흙으로 인형을 만들었다.

일곱 살이 생각할 수 있는 저주란 저주를 몽땅 퍼부으며 못된 마녀를 만들었다. 그리고 마녀가 데리고 온 유나도 못된 꼬마 마녀로 만들었다.

마녀가 준 찰흙이 뭔지도 모르고.

3

새엄마인 마녀

내 오른팔을 붙든 동생 경희의 손힘이 느슨했다. 아직 동생이 자고 있다.

고개를 돌려 책상 밑을 봤다.

책상 귀퉁이에 아무렇게나 놓아둔 곰인형은 손대지 않았다. 아니면 엉터리로 만든 거라서 관심이 없거나 만졌다가 제자리에 두었을지 모른다.

이번에도 책상 아래 벽에 세워둔 찰흙인형들의 순서가 바뀌었다. 어젯밤에 내가 찰흙인형들을 키 큰 순서대로 놓아두었는데 만든 날짜순서다. 이불과 옷을 넣는 옷장과 책상 옆에 놓아둔 가방, 책꽂이에 책들은 어제 그대로다. 유리창을 통해 들어온 아침 햇살이 눈부셨다. 밖에서 들려오는 자동차 소리와 아이들이 떠드는 소리가 들렸다.

어젯밤 꿈이 떠올랐다.

아저씨의 억센 손이 내 입을 틀어막고 다른 한 손은 목을 감았다. 새인형이라고 여겼는데 새의 모양을 흉내 낸 손이었다.

'누구였을까?'

분명 내게 중요한 이야기를 하려고 왔을 수도 있다. 그게 사라진 엄마의 소식이었을지도 모른다. 새가 있었던 창밖이 궁금하다. 하지만 내 오른팔을 붙들고 자는 동생을 깨우고 싶지 않다. 동생도 어젯밤 내가 틀린 낱말을 다 쓸 때까지 옆에서 기다렸다.

동생을 보면 눈물이 나오려고 한다. 별명이 참새다. 엄마가 집을 나간 후로 말을 하지 않는다. 그리고 밝았던 표정도 늘 불안에 떨고 겁먹은 표정이다. 손끝이라도 몸에 닿으면 불에 덴 듯이 화들짝 놀랐다. 내가 학교에 간 뒤 마녀와 마녀의 딸 유나가 동생 경희에게 무슨 짓을 했을지 모른다. 내가 물으면 동생은 겁먹은 표정을 지으며 눈물만 흘렸다.

반쯤 열린 문으로 주방을 봤다.

마녀와 마녀의 딸 유나가 아침을 준비하고 있다. 이번에도 안방 문이 반쯤 열려 있다. 된장 냄새가 나는 걸 보니 된장국을 끓이고 있는 중이다.

느슨하던 경희 손의 힘이 한차례 세게 느껴졌다. 이어서 경희의 몸이 내게로 바짝 다가왔다.

나는 '화장실 가야지'라는 신호로 동생의 팔을 흔들었다. 우리는 웬만한 말은 행동이나 눈빛으로 주고받았다.

내가 일어나자, 동생이 뒤따라 일어나 내 오른팔을 잡았다.

방에서 나오면 안방에 있는 100여 개의 괴물찰흙인형들의 눈과 마주쳤다. 마녀가 만든 찰흙인형들이다.

찰흙인형들의 눈동자는 붉거나 푸르다. 그중 괴물 하나는 눈동자가 없는 흰자위만 있다. 눈동자는 이글이글 불타오르고 번득였다. 금방이라도 으르렁대며 달려들 것만 같다. 동생은 찰흙인형들의 눈과 마주치는 게 무서워서 화장실에 갈 때마다 내가 데리고 가야만 했다. 오늘도 동생은 내 오른팔을 붙잡고 눈은 발끝을 바라보면서 방에서 나왔다. 그리고 내가 화장실 문을 열어주면 동생은 화장실 안으로 뛰어들어갔다.

나는 화장실 앞에서 동생을 기다렸다.

안방에는 세 개의 책장이 있다.

책장 맨 위 칸과 그 아래 칸에는 50여 개의 괴상망측한 찰흙인형들이 있다. 나머지 칸에는 여러 가지 색깔의 약물이 담긴 크고 작은 유리병들로 가득했다. 그중에는 은박이나 검은 종이로 감싼 유리병도 있다.

방 안쪽 커다란 초록 상자 네 개는 여러 가지 색깔의 찰흙이 있고, 연두색 상자 세 개는 이상한 가루가 담긴 봉지들이 들어있다. 그리고 곤충이나 파충류가 담긴 크고 작은 상자도 여러 개 있다. 그중에 살아있는 뱀이나 도롱뇽, 지네, 바퀴벌레, 각종 굼벵이나 귀뚜라미 같은 벌레들을 키우는 플라스틱 상자도 있다.

커다란 종이상자에는 각종 열매나 나뭇잎, 뿌리, 줄기와 꽃들이 담겨있다. 그중에는 알코올에 담긴 유리병도 여러 개 있는데 그곳에도 각종 벌레들이 있다.

"내 물건에 손대면 저주를 받아서 구렁이가 될 거야!"

마녀가 우리에게 하는 말이다.

우리가 만지지 못하게 하려는 경고일 수 있고, 약병을 만졌다가 몸에 화상이나 나쁜 세균이 옮을 수 있다는 이야기다.

가운데 책장에서 눈에 띄는 약병 하나를 발견했다. 초록색 물이 든 유

리병이다. 다른 약병들 사이에 있는 데다
엄지보다 조금 큰 병이어서 못 볼 뻔했다.

'무슨 약일까.'

별별 생각이 다 든다.

며칠 전에 실험했던 하이에나, 머리는 하
이에나인데 몸은 돼지이고 꼬리는 강아지
이고 다리는 하마인 동물이 고개가 꺾인 채
있다(마녀가 만든 찰흙인형은 유치원 수준).

찻숟갈로 초록 약물 한 숟가락을 주둥이

에 넣었더니 진짜 하이에나처럼 움직이고 으르렁거리며 낄낄낄 웃었다. 1분 정도지만,

그날 마녀는 하이에나가 움직였다며 어린애처럼 좋아했다. 며칠 있으면 약은 다 만들어질 거라고 떠들었다. 마녀의 말은 엄마가 준 붉은 눈 찰흙을 내놓으라는 은근한 협박처럼 들렸다.

나는 마녀가 만들려는 약이 어떤 약인지 짐작이 간다. 마녀는 안방에 있는 괴물찰흙인형들을 진짜 괴물로 만들려고 한다. 그리고 그 괴물들이 우리를 잡아먹고 이웃들도 잡아먹게 할 것이다.

이번에 만든 약물도 초록이다. 지난번에 만든 약물보다 조금 진하다. 분명 지난번 약물보다 센 약물일 거다. 어쩌면 하이에나찰흙인형에게 먹이면 낄낄거리고 몸도 몇 배 커질지 모른다.

마녀가 된장국의 맛을 볼 때, 마녀의 딸 유나가 마녀의 소매를 살짝 당겼다. 내가 화장실 문 앞에 서 있다는 걸 알리는 신호다.

마녀가 유나에게 턱짓으로 신호를 보냈다. 알고 있으니 식탁 위에다 수저와 반찬들을 갖다 놓으라는 신호다. 둘도 우리처럼 말이 필요 없는 손짓, 눈빛, 턱짓, 고갯짓으로 이야기를 나눈다.

문이 열리고 동생이 수건으로 얼굴을 닦으며 나왔다.

나는 화장실에 들어가서 얼굴에 물만 한번 끼얹고 나왔다.

마녀가 장갑을 낀 손으로 된장 뚝배기를 들고 왔다. 식탁 한가운데에 나무로 된 깔개를 놓고 그 위에 된장 뚝배기를 놓았다. 뚝배기에 담긴 된장이 보글보글 끓고 있다.

나와 동생은 밥을 먹으려고 식탁에 나란히 앉았다.

밥을 먹는데 옆에서 날 노려보는 것 같았다. 난 곁눈질로 봤다.

팔짱을 낀 마녀의 눈빛이 잠에서 깼을 때 봤던 눈빛과 똑같았다.

내가 새벽에 꿈꾼 걸 떠올리게 하려는 행동이었다고 느낀 순간 나도 모르게 몸이 오싹했다.

"새벽에 꿈꿨지?"

마녀가 친절하게 물었다.

'꿈.'

나는 창문을 두드리는 소리에 잠이 깼고, 창문을 열고 새를 잡으려는 순간, 새가 아니라 아저씨의 손이 내 팔을 비틀면서 입을 막았고, 나는

아저씨의 손을 떼어내려고 애쓴 기억밖에 없다. 아저씨의 얼굴도 보지 못했고 내게 뭐라고 말했는지 기억도 나지 않았다.

"물어보려다 자게 내버려 뒀어."

마녀가 친절을 베풀었으니 말해달라는 것처럼 들렸다.

나는 꿈꾼 기억은 나는데 아저씨의 얼굴도 말한 내용도 기억이 나지 않는다고 대답할 순 없다. 내가 중요한 부분을 숨긴다고 의심할 게 뻔했다.

"네가 셔츠를 잡아당기며 목을 조르는 걸 보니 누군가 너를 죽이려고 했어. 내 말 맞지?"

마녀가 허리를 숙이고 내게 다가와 물었다. 따뜻한 입김이 내 귀에 닿는 순간 나는 옆으로 상체를 움직였다.

마녀의 추측이 틀렸다고 대답할 순 없다. 만약 대답했다간 꿈속에서 벌어졌던 일을 기억한다는 셈이 된다.

나는 고개를 숙였다. 마녀는 내 눈빛만 봐도 내 생각을 알아챘다. 엄마도 내 눈동자만 봐도 무슨 생각을 하는지 안다고 했다.

마녀의 속마음은 타들어 갈 것이다. '빨리 말해! 빨리 말하라고!' 라고 소리치고 싶을 것이다.

"누구지? 너를 죽이려고 한 사람이? 그리고 왜 죽이려고 하는지. … 몰라? …나한테 말해줘야 내가 널 도와줄 수 있어. 그렇지 않니?"

마녀가 나를 돌봐주기로 아빠한테 약속했으니 숨기지 말고 이야기해 달라는 투였다.

"혹시 그자가 너한테 뭘 달라고 하지 않던?"

마녀의 속셈이 드러났다. 엄마가 준 붉은 눈 찰흙의 행방을 알고 싶은 거다.

"널 목을 조른 걸 보니까 뭔가 숨긴 걸 내놓으라고 협박한 것 같던데…, 내 말 맞지? 지금이라도 이야기하면 내가 마법찰흙 열 개 줄게."

"…."

"기억 안 나?"

답답해하는 목소리로 보아서 내 멱살을 잡고 흔들고 싶어 미칠 지경이다.

나는 고개를 끄덕였다. 이쯤에서 대답하면 세 번, 네 번 추궁할 걸 한 번이면 끝난다. 내가 마녀를 잘 안다는 건 이거다.

"괜찮아. 난 네가 셔츠를 당겨서 목을 조르는 걸 보고 누군가 널 죽이려고 하는 것 같아서 물어본 것뿐이야. 걱정도 돼서."

마녀의 목소리가 상냥하다. 처음에는 은근슬쩍 물어보다가 중간엔 윽박지르고 나중에는 달래는 게 마녀의 주특기다.

마녀가 콧노래를 부르며 주방으로 갔다. 마음속에는 꿈 이야기를 듣지 못해서 패배했는데도 겉으로는 승리한 척한다.

유나가 마녀의 팔을 흔들며 '혼내지 않고 왜 내버려 둬?' 라고 따지듯 커다란 눈동자를 굴렸다.

"그까짓 거 알면 뭐해."

마녀가 둘만이 아는 의미로 미소를 짓자, 유나도 마녀의 말뜻을 짐작가는 데가 있는지 '알았어' 라고 고개를 끄덕이며 나를 봤다. 마치

'오빠가 말 안 해도 괜찮아. 우린 그까짓 것 알 필요 없어'라는 득의 양양한 표정이다.

"뭐지?"

나는 불길한 예감이 들었다.

다섯 개의 이상한 돌멩이

마녀가 주방으로 가자, 동생이 식탁 위에 숟가락을 놓으며 내 눈치를 살폈다.

나는 밥을 한 숟갈이라도 더 먹으라고 말하지 않았다.

마녀가 온 후로 동생은 옷에다 오줌을 지린 적이 몇 번 있었다. 그때부터 동생은 아침에는 밥을 조금 먹고 물과 국은 아예 먹지 않았다. 내가 학교에서 돌아올 때까지 동생은 소변을 보지 않기 위해서다.

나는 소변을 1분도 참지 못한다. 공부 시간에도 소변이 마려우면 선생님께 눈물을 보이고서라도 다녀와야 했다.

나는 입술만 움직여서 동생에게 화장실에 가자고 말했다.

동생이 일어서면서 '나 화장실 갈 때 가지 마!'라고 눈에 힘을 주었다.

나는 '이도 닦고 와.'라고 입술을 달싹거렸다.

동생은 토요일과 일요일을 제외하고 하루에 화장실을 다섯 번 갔다. 아침에 일어나서, 아침 먹고, 내가 학교에 돌아와서, 저녁 먹고, 자기 전이다.

나는 책가방을 메려고 내 방에 들어갔다.

종이상자 한쪽 구석에는 뱀을 움켜쥔 손 하나가 삐죽이 나왔다. 유나 찰흙인형이다. 어제 일을 생각하면 오늘도 유나찰흙인형을 망가뜨려서 쓰레기통에 버리고 싶다.

오늘은 유나찰흙인형을 그냥 두기로 했다.

곰인형을 바라봤다. 곰인형의 뱃속에 붉은 눈 찰흙을 숨기기 위해서 엉터리로 만들었다. 내게는 붉은 눈 찰흙을 지키는 건 엄마를 찾는 일이고 내 동생과 나를 위한 일이다.

요즘 들어서 마녀가 내 방에 자주 기웃거렸다.

그때 내 눈에 창문이 들어왔다. 뭔가 머리에 윙! 하고 뭉치 하나가 스쳤다.

꿈. 새가 있었던 창문. 아저씨.

창문을 열지 않으면 후회할 거라고 마음속 깊은 곳에서 외치는 것 같았다. 뭔가 있을 것 같다는 기분도 날 부추겼다.

나는 주방을 봤다.

유나는 반찬이 담긴 그릇을 냉장고에 넣는 중이고, 마녀는 그릇을 씻는 중이다. 설거지 끝내고서 약물을 실험하려고 서두르고 있다. 동생은 아직 화장실에서 나오지 않았다.

창문을 열었다.

창턱에는 돌멩이 다섯 개가 나란히 놓여있었다. 크기는 공깃돌만 하고 색깔은 빨강, 파랑, 파랑, 보라, 검정이었다.

뒤를 돌아다보니 보는 사람은 없다.

돌멩이를 훔치는 것도 아닌데 손이 떨리고 심장도 쿵쿵 뛰었다.

찰흙으로 만든 동물 인형은 불에 구웠는지 단단한 돌멩이 같았다.

돌멩이에서 따뜻한 온기를 느끼는 순간 신비한 돌멩이라는 걸 직감으로 느꼈다. 왜냐면 마음씨 좋은 목소리를 가진 아저씨가 준 동물인형이니까.

동생이 들어왔는데 칫솔질하고 입술 주변을 닦지 않아서 물기가 남았다.

나는 주머니에 돌멩이를 감췄다. 동생이 뭘 숨겼냐고 묻지만 무시했다.

'용, 독수리, 여우 그리고….'

그때 사진처럼 내 눈에 한 장면이 떠올랐다. 여우가 내게 반갑다고 눈을 찡긋한 장면이었다. 그리고 다른 동물들도 눈동자에 미소가 있었다.

'잘못 본 건 아니겠지?'

'잘못 보긴, 제대로 본 거야.'

'아냐! 아냐! 돌멩이 눈동자가 움직일 수는 없어.'

나의 머리와 마음이 다퉜다. 나는 한낱 돌멩이가 윙크한다는 건 있을 수 없다고 우겼다. 그렇다고 마녀찰흙인형처럼 마법찰흙으로 만든 거라면 움직일 수도 있다는 생각은 떨치지 못했다.

동생이 내 오른팔을 잡으며 학교에 따라가고 싶다고 애원했다.

마녀는 동생이 학교에 가는 걸 반대했다.

"너 유나찰흙인형 잘 봐? 그리고 마녀찰흙인형도."

나는 턱짓으로 찰흙인형을 가리키며 눈에 힘을 주어 말했다.

동생은 책상과 벽이 맞닿은 구석에 앉아서 내가 학교에서 돌아올 때까지 기다렸다. 내가 준 피노키오찰흙인형과 오리찰흙인형을 양손에 쥔 채로.

나는 팔에 매달린 동생의 손을 떼어내며 "빨리 올 거야!"라고 소리지르고 현관 밖으로 나왔다. 날마다 동생을 집에 남겨두고 나오는 게 오빠로서 나쁜 짓 같아서 마음이 편치 않았다.

"학교 끝나면 연희하고 곧장 집에 와."

마녀가 현관문을 나설 때, 내 등 뒤에다 소리쳤다.

나는 대답도 하지 않고 위층으로 걸어 올라갔다.

연희가 "학교에 다녀오겠습니다"라고 인사하는 소리가 들렸다.

아이가 사라졌다

학교에 가는 길이다.

학교가 보이는 미용실 모퉁이를 막 돌 때였다.

"어! 저긴 도깨비 길인데?"

교문 오른쪽은 도깨비 길로 가는 길이다. 그곳에는 경찰 아저씨도 있고, 지킴이 할아버지, 교장 선생님과 아이들이 많이 몰려있다.

도깨비 길에 가면 초록 도령과 붉은 도령이 있다는 이야기가 있다. 초록 도령을 만나면 좋은 일이 생기고 붉은 도령을 만나면 나쁜 일이 생긴다고 했다. 어른들은 도령이 아니라 귀신이 아이들을 홀린다고 말했다.

내가 학교에 입학하고 처음 있는 일이라 궁금하고 심장도 뛰었다.

나는 뛰었다.

"야! 너 혼자 가면 어떻게 해!"

연희가 소리쳤다.

연희는 우리 아파트 위층에 산다. 어린이집 다닐 때부터 지금까지 나와 1미터 이상 떨어져서 다닌 적 없다.

"너도 뛰면 되잖아!"

나는 뒤도 돌아보지 않고 냅다 소리쳤다. 우린 말도 하지 않는다. 그게 받아쓰기 시험 볼 때부터였으니까 두 달 됐다.

"새엄마한테 이를 거야?"

"일러라!"

나는 연희가 새엄마에게 이른다는 말 하나도 무섭지 않다. 새엄마는 마녀다. 우리 집에 온 지 3년이 다 되었으니까 마녀 눈치쯤은 안다.

지킴이 할아버지와 뚱뚱한 경찰 아저씨, 교장 선생님이 교실에 빨리 들어가라고 아이들에게 소리쳤다.

뚱뚱한 경찰 아저씨는 찰흙으로 둥근 감자처럼 얼굴을 만들고, 코끝을 올린 다음 검지로 콧구멍을 꾹꾹, 볼록한 엉덩이에 찰흙을 돌돌 말아서 꼬리를 달아주면 영락없는 돼지다. 슈퍼 돼지 꿀꿀!

내 얼굴도 그렇다.

찰흙으로 찐빵처럼 얼굴을 만든 다음 까만 찰흙으로 눈썹과 눈동자를 붙이고, 볼에 눈물을 길게 두 줄, 커다랗게 벌린 입에 목젖이 튀어나오게 붙이면 끝. 난 울 때 꺼억! 꺼억! 딸꾹질을 잘한다.

엄마가 분식집에서 일하면, 나는 분식집 좁은 방에서 밀가루 반죽을 가지고 놀았다고 했다. 그게 첫돌 때부터라고 했다.

네 살이 되면서 사람이나 갖가지 동물들을 우스꽝스럽게 만들었다. 엄마는 내가 사람이나 동물의 특징들을 잘 살려서 재미있게 만드는 재주가 있다고 칭찬했다. 나는 그때부터 우쭐했다. 그래서 찰흙인형을 일부러 우스꽝스럽게 만들려고 노력했다. 그렇다고 마음 내키는 데로 만든 게 아니라 사람이나 동물의 특징을 살리려고 애썼다.

나는 지킴이 할아버지의 눈에 뜨일

까 봐 형들 뒤로 숨었다. 지킴이 할아버지는 나만 보면 여우 자식이라고 놀렸다. 그때마다 난 여우 자식이 아니라고 항의했지만 소용없었다. 또 있다. 멀리서도 나만 눈에 띄었다 하면 손짓으로 오라고 불렀다. 그리고 새엄마와 아빠가 잘 지내느냐고, 엄마는 소식 없느냐고 물었다.

나는 우리 가족의 이야기를 남이 말하는 건 정말 싫었다. 특히 새엄마와 산다는 걸 그리고 여우 자식이라는 걸 아이들이 알게 되면 나는 끝장이다.

"뭐야?"

우리 반 뿡철이한테 물었다. 이름이 봉철이인데 애들이 뿡철이라고 불렀다.

"3학년 여자아이가 도깨비 길에 가서 안 왔데!"

뿡철이의 목소리가 떨리니까 거짓말이 아니다.

"누군데?"

"내가 어떻게 알아!"

뿡철이가 신경질을 냈다. 형들의 이야기를 듣고 있었는데 내가 방해해서다.

그때 사람들이 몰려 있는 곳에서 "나리야! 나리야!"라고 아줌마의 울부짖는 소리가 들렸다.

교문으로 들어가려는 아이들까지 소리 나는 곳으로 우르르 몰렸다.

아줌마의 눈은 코알라 눈처럼 오른쪽 눈썹만 시커멓고 먹물이 흘러서 볼까지 까맣다. 눈썹을 그리다가 나온 것 같았다. 개그맨처럼 웃긴 얼굴인데 웃음이 나오지 않고 오히려 눈물이 나오려고 했다.

몸이 마르고 키 작은 남자 선생님이 너희들 어느 반 누군지 다 아니까 좋은 말 할 때 들어가라고 을러댔다.

"치! 선생님이 우리들 이름하고 반을 어떻게 다 아냐. 순 뻥쟁이야!"

뿡철이가 투덜댔다.

"너 선생님한테 뻥쟁이라고 말했다고 이를 거야?"

내 짝지 연희다.

"일러라!"

뿡철이가 소리를 빽 지르고 교문으로 씩씩대며 들어갔다.

연희는 공부도 잘 하지만 이르기도 잘 한다. 문제는 연희가 이를 때마다 선생님이 "그래. 알았어요." 라고 친절하게 대답하니까 연희는 칭찬인 줄 안다. 속으로는 '너는 하루라도 이르지 않는 날이 없니!' 라고 짜증을 낼 수도 있고 '난 바쁜 사람이야. 너희들 방귀 뀌는 일도 신경 써야 하니!' 라고 과일 가게 아저씨의 농담처럼 말할 수도 있다.

엄마가 말했다. 마음속으로는 미워하면서도 겉으로는 좋아한다는 사람이 많다고. 이 말을 연희 엄마가 연희에게 충고해 주었으면 좋겠다.

6 받아쓰기 10점

교실에 들어서자, 시작 벨이 울렸다.

아이들이 도깨비 길에 간 여자아이를 두고 이야기하는데 선생님이 들어오셨다.

찰흙으로 만든다면 꾸불꾸불한 파마머리, 네모난 얼굴에다 오른쪽 눈 밑과 볼에 호떡만 한 사마귀 두 개, 좁쌀만 한 코 위에 접시만 한 안경을 걸치고 턱에 커다란 심술 주머니도 두 개 붙여주면 선생님이다.

세상에서 마녀 다음으로 미운 사람. 내가 제일 싫어하는 받아쓰기 시험을 일주일에 세 번 보고, 수학 쪽지시험도 한 번 본다.

첫날 선생님이 우리한테 약속했었다.

선생님은 31년 동안 2학년을 열한 번이나 가르쳤기 때문에 우리 마음을 아주 잘 안다고 말했다. 우리가 고민을 말하면 모두 들어준다고 했다. 그래서 우리는 받아쓰기 시험 때문에 엄마 아빠한테 혼난다고 고민을 털어놓았다. 하지만 선생님은 초등학교 2학년 과정은 초등학교, 중학교, 고등학교 더 나아가서 대학까지 영향을 미치기 때문에 아주 중요한 공부

시기라고 말했다. 그중 시험은 우리가 예습하면 충분히 백 점 받을 수 있는 일이라 고민은 아니라고 말했다. 선생님이 말한 고민은 나쁜 친구들이 괴롭힌다거나 이성과의 관계 등이 고민이라고 했다.

우리 반 아이들도 가만있지 않았다. 2학년이 끝날 때까지 받아쓰기해야 하니까,

"2학년 1반과 2반은 받아쓰기 없대요."

"4반은 일주일에 받아쓰기 한 번밖에 안 본대요!"

"우리 형은 2학년 때 받아쓰기 안 했는데 과학고 갔어요!"

아이들이 불평을 쏟아냈다.

선생님은 고민은커녕 눈 하나 깜짝하지 않고 들으면서 '요것들 봐라! 뭔 말이 많아!' 하고 재미있다는 표정으로 우리를 둘러봤다.

글을 완전히 깨우친 아이들은 열 명도 되지 않았다. 시험은 글을 다 배운 다음에 봐도 된다는 게 우리의 생각이었다.

"음!"

선생님이 실눈으로 방금 자리에 앉느라 우당탕 소리를 낸 아이를 찾았다. 하지만 아이들은 '나 안 떠들었는데요!' 라고 시치미 뚝 떼고 착한 눈으로 선생님을 바라봤다.

나는 '눈을 가늘게 뜬다고 애들이 손드나!' 라고 속으로 중얼거리면서 책상 서랍에 손을 넣고 휘휘 저었다. 책상 서랍에는 아무 것도 없었다. 안심하기 이르다. 어제 일을 생각하면 학교에 다니고 싶지 않았다. 어제 유나찰흙인형이 서랍에서 나와 짓궂은 장난을 쳤다.

내 무릎 위에 뱀을 놓다니,

나는 투명인간처럼 숨죽이며 가방에서 책과 필통을 조용히 꺼냈다.

조금이라도 달그락 소리를 내면 "야!" 하고 연희가 소리를 빽 질렀다.

그럼 선생님이 공부 잘하는 연희한테는 "왜 그래. 이연희?" 하고 아주 친절하게 물었다.

연희는 기회는 이때다 "경운이가 시끄럽게 해요!" 라고 일러바쳤다. 자리를 바꿔 달라고 조르는 말이나 다름없다.

난 연희가 다른 아이와 앉는다면 가만있지 않을 거다.

2학년이 되어서도 연희와 앉으니까 아이들은 우리 둘이 좋아한다고 그리고 나중에 결혼할 거라고 놀렸다.

내가 연희를 좋아하는 걸 인정한다. 그런데 우리 사이가 나빠졌다.

난 연희가 받아쓰기를 다 했는지 옆을 본 것뿐인데, 가림판도 모자라 팔과 몸까지 공책을 가리는 연희가 선생님에게 내가 본다고 일러바쳤다. 난 그때까지만 해도 연희가 일러바칠 줄은 꿈에도 몰랐다. 난 야단은 야단한 데로 맞고 남의 걸 훔쳐본 나쁜 아이가 됐다. 난 연희의 잘못한 일이라면 백 번, 이백 번도 넘게 눈감아 줬는데….

그래서 난 찰흙으로 연희를 만들었다.

이마에다 지렁이 다섯 개, 눈썹은 까맣게, 입술은 빨갛게, 머리도 마구 헝클어뜨린 마녀처럼. 그리고 연희가 미울 때마다 연희찰흙인형에게 막 따졌다. "난 너를 좋아하는데 넌 왜 나를 싫어하냐고!" 그러면 부들부들 떨리는 손이 멈추고 화도 가라앉았다.

선생님이 출석을 부르고서 도깨비 길에 가지 말라고 당부했다. 거긴 위험하다고, 마치 도깨비들이 우글거리는 소굴처럼 말했다.

수학 시간에도 바른생활 시간에도 나는 모르는 것이 많아서 꾸벅꾸벅 졸았다.

내 짝 연희는 신났다. 드디어 연희가 가장 좋아하는 받아쓰기 시간이다. 아직 받아쓰기를 시작한다고 말도 안 했는데, 연희는 내가 볼까 봐 가림판으로 공책을 가리는 것도 모자라 책상에 머리가 닿을 듯이 숙이고 나를 보았다.

'보지 말라고 노려보는 눈 좀 보세요. 난 공책을 보라고 가림판을 치워도 안 볼 걸요. 연희가 어떤 아이인지 잘 알잖아요.'

"교과서나 공책은 서랍에 넣고 받아쓰기 공책과 연필, 지우개만 내놓으세요!"

선생님이 '너희들 책을 보거나 남의 걸 보면 안 돼!'라는 눈으로 우리들의 책상을 보았다.

스물일곱 명 중에 열일곱 명쯤은 받아쓰기 시험을 싫어한다.

"선생님, 받아쓰기 시험 안 보면 안 돼요?"

뽕철이가 손도 들지 않고 소리쳤다. 걔도 엄마한테 혼나기 때문에 나처럼 받아쓰기 진짜 싫어한다. 지난번에 받아쓰기 40점을 받았다고 엄마가 핸드폰을 한 달 동안 사용하지 못하게 빼앗겼다고 불평했다. 카톡이나 문자를 보낼 때 틀린 글자를 쓰니까 받아쓰기가 엉망이라는 이유였다.

"내가 어제 받아쓰기 시험 볼 낱말 10개를 줄 그어주었지. 집에서 예습해 오라고?"

선생님의 친절한 목소리는 '열 개의 낱말을 줄 그어주었으니까 백 점 맞을 기회를 공평하게 주었잖니'라는 달콤한 말처럼 들렸다.

열다섯 명쯤 되는 아이들이 대답하자, 선생님은 봉철이를 바라보며 '봐라. 아이들이 받아쓰기하자고 엄청 조르잖니'라고 승리의 미소를 지었다. 난 그래서 아무 말도 하지 않았다. 대신 마법찰흙으로 만든 선생님을 상상했다.

"오늘은 어려운 낱말을 부를 거예요!"
선생님이 말하면,
"진짜요?"
공부 잘하는 아이들이 못 미더워하는 목소리로 묻는다.
"그럼, 그럼!"
선생님이 "음! 음!" 헛기침하고나서 낱말을 부른다.
"아가, 여우, 아빠, ….."
내가 명령한 데로 선생님이 낱말 열 개를 부른다. 공부 잘하는 아이들이 항의하면 선생님이 "백 점 맞은 아이 손 들어봐?"라고 말하고 손든 아이들을 센다.
"하나, 둘, 셋, …일곱 명 밖에 안 되잖아!"
선생님이 크게 실망한 표정을 짓는다.
반장 명식이도 80점, 여우를 여시, 아빠를 압빠라고 썼다. 선생님의 발음이 분명 "압빠"라고 했다며 억울하다고 운다.
"김경운, 백 점!"
선생님이 외치면 연희는 억울해서 운다. '아가'를 '아기'라고 썼다. 내가 그렇게 쓰라고 마법찰흙으로 만든 연희뿐만 아니라 공부 잘하는 아이들에게 명령했기 때문이다. 연희는 사전을 찾아보면 '아가'와 '아기'는 같은 뜻이라고 따진다.

히히히!
"김경운, 왜 실실 웃는 거야?"
선생님이 의심의 눈빛으로 나를 봤다.
나는 대답하지 않으려고 고개를 숙였다.
연희가 '선생님이 묻잖아?'라고 내 옆구리를 찔렀다.
나는 싫다고 인상을 썼다.
제발 내가 아는 낱말 '아가, '여우' 등을 불러달라고 마음속으로 빌었다.
내가 한글을 늦게 배운 건 다른 아이들보다 말도 걸음마도 늦었기 때문이라고 엄마가 말했다. 그리고 엄마도 아홉 달 만에 태어난 데다 병치레까지 하느라 4학년이 되어서야 한글을 깨우쳤다고 했다.
나의 이러한 사정을 선생님이 모른다는 게 그리고 알려고 하지 않는다는 게 너무 화가 나고 미웠다.
"자, 받아쓰기 준비해요. 옆 사람이 보지 않도록 가림판으로 가리고…."
갑자기 머릿속이 텅 비었다. 어제 선생님이 받아쓰기 시험 볼 거라고 익힘책에 있는 낱말을 줄 그어주었는데, 난 들여다보지도 않았다. 틀린 낱말 백열 번 쓰느라 새벽 1시가 다 되어서야 잤다.
"김경운, 10점!"

충격

연희가 받아쓰기 할 때는 공책을 보여주지 않더니, 100점 받은 공책은 내 눈앞에 보란 듯이 펼쳐놓았다. 그것도 내가 백 셀 때까지 보게 할 심보다. 내 마음이 아주 슬프고 비참해진다는 걸 연희는 모른다.

연희가 내 시험점수를 보더니 "너 새엄마한테 혼났다!" 하고 약을 올리는 것도 모자라 고소하다는 표정까지 지었다(이때까지도 연희는 공책을 가방에 넣지 않음).

그렇지 않아도 마녀한테 야단 들을 일이 걱정인데, 마녀가 쓰라는 백 번에다 숙제까지 열 번 더 쓸 일이 걱정인데, 내가 좋아하는 연희가 내 마음을 몰라주니까 서러워서 눈물까지 났다.

이제 연희의 마음속에는 나를 좋아하는 마음이 손톱만큼도 없다. 나는 아직도 연희를 하늘만큼 땅만큼 좋아하는데,

"넌 내, 내가 꺼억, 트, 틀린 게, 꺼억, 좋아!"

참았던 눈물이 쏟아지고 딸꾹질까지 나왔다.

"좋아!"

오늘따라 연희의 조그만 입술에서 얄미운 말만 튀어나왔다.

그때였다. 책상 서랍에서 유나찰흙인형의 얼굴이 불쑥 나와 메롱! 하고 혀를 내밀었다. 조금 전까지 확인할 땐 유나찰흙인형이 없었는데,

"혼날래!"

나는 유나찰흙인형을 책상 서랍 안으로 밀쳐 넣으며 소리쳤다. 어제는 내 무릎 위에다 뱀을 놓아서 놀라게 만들더니,

"너어!"

연희가 날 노려봤다.

(이때 100점 받은 공책을
가방에 넣는 중이었음)

"너, 너한테 아, 안 했다고—!"

나는 지금까지 연희에게 화난 목소리로 따진 적이 없었다.

어쩌면 내 머릿속에 유나찰흙인형이 들어와 시킨 짓인지 모른다.

"내가 다 들었는데!"

연희가 선생님을 바라봤다. '네가 공부 안 해서 10점 받았지 나 때문이냐' 라고 항의하는 표정을 보니 불길했다.

앞에 앉은 숙이도 두 귀로 똑똑히 들었다면서 연희에게 사과하라고 입술을 달싹거렸다.

"자, 잘 봐! 내가….'"

서랍 안에 있는 것을 모두 꺼냈다. 방금 넣어둔 공책과 필통, 책들뿐이었다. 유나찰흙인형은커녕 손바닥에 먼지만 묻었다.

"왜 그래? 이연희!"

선생님이 점수표에 점수를 적다 말고 연희에게 물었다. 목소리가 '우리 공부 잘하는 연희가 왜 화났지?' 라고 아기 달래듯,

너무너무 서럽고 억울했다. 선생님은 내가 화나서 소리 지를 땐 듣고만 있다가, 연희가 화나서 소리 지를 땐 친절하게 묻는다.

"경운이가 혼낸댔어요!"

연희가 일어나서 말했다. 그리고 내게는 거짓말을 했으니까 혼나 봐야 한다고 입술을 씰룩거렸다.

"너어, 꺼억!"

난 아직도 연희에게 "너 나한테 혼나고 싶어" 라는 말을 내 입에서 꺼낼 수가 없었다. 두 달 넘게 연희와 말은 하지 않았지만 곧 괜찮아질

거라는 믿음 때문이었다.

얼굴은 복숭아처럼 둥글고 볼이 발그레해서 예쁘다. 그리고 말할 때 하얀 이가 예쁘고 웃을 때 생기는 보조개도 예쁘다. 세상에 하나밖에 없는 딱 내가 좋아하는 얼굴이다.

연희가 공부 잘 하고 나는 공부를 못 한다는 것 외에는, 우리의 둘은 영원히 함께할 줄 알았다. 왜냐면 연희도 나를 좋아하고 나도 연희를 좋아하면 되니까. 그런데 세월이 흐르면 모든 게 변한다는 엄마 말이 맞았다.

아이들이 "딸꾹질"이라고 내 별명을 부르거나 "꺼억" 하고 따라 하자, 선생님이 손바닥으로 책상을 탕탕 쳤다.

"김경운, 내가 집에서 예습해 오라고 했지!"

선생님이 연희와 왜 싸웠는지 내게 묻지 않았다. 친구들도 내가 공부 안 한 것 때문에 혼난 거 아니냐고 연희를 두둔했다.

연희가 10점을 받았다면, 만약 연희가 10점을 받았다고 한다면.

그러니까 갑자기 연희의 귀가 이상이 생겨서 듣지 못했거나, 아프거나, 낱말을 부를 때 헬리콥터가 학교 지붕 위에서 날거나 듣지 못하게 했거나 할 때다.

연희는 너무 억울하다고 울 것이고, 선생님은 달래느라 진땀을 흘릴 것이다.

불공평한 것 중 첫 번째다.

선생님은 공부 잘하는 아이는 왜 그러냐고 묻거나 대답하고, 공부 못하는 아이는 왜 그러냐고 묻기는커녕 공부를 안 했으니까, 말을 잘 듣지 않으니까 라고 야단쳤다. 또 있다. 공부 못하는 아이는 잘못할 때 "네가 이것 때문에 잘못했잖아!" 라고 콕 집어서 말했다.

불공평한 것 중 두 번째다.

그리고 보니 아침에 여자아이도 받아쓰기 10점을 받았거나 남자친구가 싫다고 말해서 도깨비 길에 갔을지 모른다.

"틀린 낱말은 내일까지 열 번씩 써 오세요!"

선생님이 외치자, 열다섯 명쯤 대답했다. 백 점을 맞았거나 90점 맞은 아이들이다. 그중에 연희도 있다. 걔들은 숙제가 없으니까 좋고 자랑할 게 있어서 좋고, 칭찬 받아서 좋고, 연희는 가까이 사는 할아버지가 용돈을 주니까 좋고….

그런데 70점 받은 병규도 대답했다. 걔는 선생님이 물으면 대답을 잘해야 한다는 아이다.

"너 틀린 낱말 아홉 개를 백 번에다 숙제까지 합해서 백열 번 어떻게 쓸래~!"

연희의 좋아하는 표정을 보라. 약 올린 것도 모자라 노래까지 불렀다.

나는 화의 뭉치가 코에서 쉭쉭 세어 나왔다.

"집에 안 가?"

공부가 끝나자, 연회가 재촉했다.

받아쓰기 일로 다툰 후로도 지금까지 함께 다녔다. 하지만 이번만큼은 참을 수가 없었다. 방금 받아쓰기 일처럼 날 자꾸 만만하게 봤다. 이참에 연희에게 본때를 조금 보여주고 싶었다. 무엇보다 지난번에 연희가 반장 명식이에게 "경운이가 줄 그어준 걸 집에서 예습 안 하니까 맨날 10점,

20점 받는 거야." 라고 말했을 때, 내 기분이 상했다. 힘들게 만든 찰흙 인형을 짓밟아버린 것처럼.

지금이라도 나는 이 말을 꼭 해야겠다.

어른들은 우리에게 남을 배려하고 존중하는 아이가 되라고 말한다.

그런데 어른들은 실천하지 않는다.

언젠가 엄마가 일하는 분식집에서 여고 동창 모임인 아줌마들이 모여 이야기하는 걸 들었다.

자기 딸은 3살 때 한글을 다 배우고, 웬만한 영어까지 막힘없이 줄줄 말한다고 했다.

다른 아줌마는 자기 딸이 걸음마를 배울 때부터 피아노를 배웠는데, 지금은 그 어려운 베토벤 운명교향곡 3악장도 악보 없이 친다고 침을 튀기며 말했다.

3살 때 한글을 배우지 못한 아이가 있는 엄마, 돈이 없어 피아노를 배우지 못한 아이의 엄마 기분은 어떨지 생각하고 말하지 않는다.

연희 엄마가 그렇다.

연희는 첫돌이 지날 때부터 한글을 가르쳤다고 우리 엄마에게 자랑했다.

나는 말이 늦은 데다 엄마가 바빠서 한글을 가르쳐주지 않았다. 여섯 살 때 숫자를 20까지 알았고, 일곱 살 때는 엄마가 사라지고 내 삶은 엉망진창이 됐다. 한마디로 '공부하면 뭐해. 엄마가 없는데….' 라고 포기 상태였다. 아빠는 나에게 신경 쓰지 않았다. 일이 며칠만 없어도 술만 먹었다.

나에 대해서 잘 모르는 연희가 책 좀 읽어보라고, 공부 좀 하라고, 예

습하지 않는다고 닦달했다.

지금도 나는 '공부하면 뭐해! 엄마가 없는데'라는 생각을 가졌다. 설사 공부해야겠다고 마음먹고 책상 앞에 앉아 있으면 머릿속에는 온통 엄마 생각뿐이다.

나는 아이들이 교실에서 모두 빠져나갈 때까지 고집스럽게 앉아서 버텼다.

"빨리!"

"안 가!"

내가 지금까지 연희에게 거절도 이번이 처음이었다. 내가 대견하다는 생각이 들자 화는 사라지고 용기가 조금 생겼다.

우리가 함께 다니는 건 새엄마와 연희 엄마 때문만은 아니다. 난 연희를 그만큼 좋아해서 함께 다니려고 노력했다.

"너네 새엄마한테 이를 거야!"

"일러!"

"진짜아-!"

연희의 목소리가 갑자기 울 것처럼 커졌다. 내가 이쯤에서 일어서야 한다고 판단하는 순간이었다.

쿵쿵쿵!

연희가 교실 마룻바닥을 발로 구르며 교실에서 나갔다.

1초만 기다렸다면 나도 일어서려고 했는데, 마지막으로 교실 문 밖으로 나가면서 한 번이라도 뒤를 돌아다보았다면 나는 못 이기는 척 일어서려고 마음먹었는데….

바보 성민이

　누군가 뒤에서 책상다리를 발로 툭툭 찼다. 생각해 보니 일부러 인기척을 낸 것 같았다.

　우리 반 바보다. 숙제도 안 해오고 받아쓰기도 만날 빵 점 받는 성민이다. 우리 반에서 덩치가 제일 큰 데 비실비실한 순둥이가 때려도 맞는 아이다. 심지어 학교에 오고 갈 때마다 1학년 아이들이 바보라고 놀려도 헤헤헤 웃는 이상한 아이다.

　성민이가 헤헤헤 웃었다.

　"야!"

　나는 소리쳤다. 그렇지 않아도 연희와 다퉈서 기분이 나쁜 데 성민이가 웃어서 기분이 나빴다.

　"헤헤헤!"

　"기분 나쁘게 웃지 마!"

　"헤헤헤!"

　"난 너하고 친구 아니거든!"

화풀이 해댔지만, 성민이가 계속 웃었다. 마치 '화 내지 마'라고 나를 다독이는 것 같았다. 어쩌면 내가 연희와 싸운 걸 성민이가 뒤에서 지켜보고 기다려 주었는지 모른다.

나는 성민이에게 미안한 생각이 들어야 하는데 마음은 그렇지 않았다.

그때 선생님이 교실에 들어왔다.

"방금 선생님이 너희들을 교문 앞까지 데려다줄 때 너희 둘은 왜 안 나왔어! 그리고 경운이는 연희하고 가지 않고!"

선생님이 또다시 교문까지 갔다 오려니 화가 엄청났다. 몸이 뚱뚱해서 걷는 거라면 아주 싫어했다. 그래서 교무실에 뭘 빠뜨리고 왔을 때 반장이나 부반장을 시켜서 가져오게 했다.

"따라와!"

선생님이 내 기분은 싹 무시했다.

"뭐해!"

선생님이 재차 나오라는 호통에, 나는 일어섰다.

왜 아까는 연희와 싸웠느냐고 선생님이 물어봤으면 하는 마지막 희망마저 포기했다.

나는 선생님이 미웠다.

2학년 5반은 고민이나 불만을 편지에 써서 '비밀 우체통'에 넣어두면 선생님이 비밀도 지켜주고 해결해 주었다.

우리 아파트 놀이터에서 만난 여자애는 수학을 못한다고 고민을 털어놓았더니 선생님이 방과 후에 남아서 가르쳐주었다고 했다. 아이들이 많을 땐 반장과 공부 잘하는 아이들이 번갈아가면서 한 시간씩 도와주기도

하고,

교실 밖으로 나와 운동장을 훑어보았다. 운동장에는 아직 수업이 끝나지 않은 언니들과 형들뿐이었다.

나는 나무늘보처럼 아주 천천히 걸었다. 지금이라도 선생님이 내가 왜 화가 났는지 물어봐 주길 바랐다.

"김경운!"

교문에 먼저 도착한 선생님이 나를 불렀다. 목소리와 표정이 '너 진짜 날 화나게 만들 거니!' 라는 것 같다.

나는 고집스럽게 나무늘보처럼 걸었다. 나의 행동이

잘못됐다고 생각하지 않았다. 선생님이 내게 관심을 가지지 않은 잘못이 있다고 여겼다.

선생님이 내준 숙제 열 번에다 마녀가 내준 백 번. 그걸 다 쓰려면 새벽 한 시가 다 돼야 썼다. 팔이 아프고 손가락이 쥐가 날 때도 많다. 이런 고통을 선생님은 알지도 못하면서 공부 시간에 졸거나 밑줄 그은 낱말을 예습해 오지 않았다고 혼만 냈다. 더군다나 난 아직 받침 있는 한글을 잘 몰랐다. 그래서 한글을 만든 세종대왕도 미웠다.

"성민아, 구산 놀이터 옆에 있는 행복 아파트 알지?"

"예."

"네가 행복 아파트 정문까지 경운이를 데려다줘."

"알았어유!"

성민이가 상이나 받은 것마냥 헤벌쭉 웃었다.

나는 성민이와 같이 가지 않을 거라고 선생님께 따지려다 그만두었다. 성민이는 바보라 얼마든지 따돌릴 수 있었다.

"김경운, 성민이가 너희 아파트 앞까지 데려다준다니까 같이 가. 알았지?"

나는 대답 대신 싫다는 걸 알리려고 쿵쾅거리며 앞으로 쌩 걸어나갔다. 나 혼자 얼마든지 갈 수 있는데 바보하고 함께 가라니, 그리고 꼭 집어 말할 수 없지만 이번 일의 예감이 별로 좋지 않았다.

"김경운, 대답해야지!"

"..."

"같이 가!"

성민이가 내 오른팔을 잡았다.

"놔! 누가 너 같은 바보하고 같이 간데!"

나는 선생님이 똑똑히 보라고 일부러 성민이의 손을 홱 뿌리쳤다. 선생님에게 항의한 셈이었다.

"김경운! 내일 확인할 거야!"

선생님이 소리쳤다.

나는 선생님의 말을 무시했다. 선생님은 받아쓰기나 수학 시험은 잊어버리지 않는데, 내일 자세히 가르쳐주겠다고 말해 놓은 건 가끔 잊어버렸다. 우리가 전날 약속한 걸 말하면 그때야 "그랬나!"라고 되게 편하게 말한다. 우리가 숙제를 모르고 안 했다고 말하면 혼내면서.

이게 선생님과 나와의 불공평 중 세 번째다.

"헤헤헤!"

성민이가 다가와 나랑 나란히 걸었다. 오늘 시험 망쳤는데도 아무 근심이 없는 표정이었다.

"넌 받아쓰기 빵 점 받고도 좋아?"

내 말에, 성민이가 헤헤헤 웃으며 고개를 한 번 저었다. 역시 성민이도 빵 점 받는 게 싫었다.

"바보같이 헤헤헤 웃지 말고 말해! 그러니까 아이들이 바보라고 놀리잖아!"

"헤헤헤!"

성민이가 "나는 바보라고 놀려도 괜찮아. 나쁜 짓만 안 하면 돼"라고 말하며 환하게 웃었다.

나는 온몸의 힘이 쭉 빠졌다. 나도 성민이처럼 바보라고 놀리거나 걱정이 있어도 활짝 웃었으면 좋겠다는 생각이 들었다. 성민이와 이야기를 나눈 적은 없지만, 성민이는 시장 입구에서 여러 가지 잡곡과 콩을 파는 할머니와 둘이 산다. 엄마 아빠가 성민이를 낳고 두 살 때 뺑소니사고로 돌아가셨다고 했다. 원래는 아파트에서 살았는데 아빠가 병원에 입원하면서 아파트를 팔고 지금은 반지하 방에서 산다.

나는 모퉁이를 하나 돌자, 집에 가야 하나 말아야 하나 고민했다. 1초도 걸리지 않았다.

"너어, 내가 도깨비 길에 갔다고 선생님에게 이르지 마?"

나는 일부러 무섭게 보이려고 눈을 부릅뜨고 으르렁거렸다.

성민이가 헤헤헤 웃으면서도 머리로는 완강하게 흔들었다.

"야!"

지금까지 봐왔던 성민이는 순둥이가 연필을 일부러 땅에 떨어뜨리고 주우라면 줍는 아이였다. 그런데 내가 겁주고 화까지 냈는데도 먹혀들지 않았다. 갑자기 성민이가 만만하지 않다는 걸 느꼈다. 슬슬 다가오는 불길함을 떨칠 수가 없었다.

"안 되어."

"나한테 혼날래!"

"싫어!"

"딱 한 번만, 내가 앞으로 널 바보라고 놀리지 않을 게. 응?"

이번엔 나는 애원했다.

"선생님이 안 보니까 괜찮아, 내가 선생님에게 절대로 말하지 않을

게. 약속할 게, 응?"

"싫어. 널 데려다주기로 선생님하고 약속했단 말이야."

성민이가 내 팔을 잡았다. 양치기 개가 양을 우리에 몰아넣듯이 나를 행복 아파트 101동 입구에 몰아넣고, 성민이는 헤헤헤 웃으며 돌아갔다.

난 성민이가 헤헤헤 웃기만 하니까 판단도 부족하고 무른 아이라고 생각했었다. 지금 보니 성민이는 선생님이 시키는 일이라면 꼭 하고야 마는 정직한 아이였다.

9 다섯 동물의 비밀

나는 승강기에 타자마자 주머니에서 돌멩이들을 꺼냈다. 아침에 눈을 찡긋했던 여우 돌멩이가 궁금해서 화장실에 갔다가 두 번이나 되돌아왔다. 한번은 화장실 빈칸에 들어갔다가 심한 구린내 때문에 나왔고, 두 번째는 화장실 빈칸이 없어서 돌아왔다.

조각칼로 동물을 그려서 만든 찰흙인형이었다. 동물마다 색깔도 달랐다. 갑자기 심장이 쿵쿵 뛰었다. 승강기 벽에 있는 카메라를 피하려고 몸을 안쪽 벽을 향했다.

여우와 독수리, 호랑이, 용과 괴상한 동물이었다.

나와 눈이 마주친 여우가 반갑다고 씩 웃었다.

나는 잘못 봤나 싶어서 눈을 껌벅였다가 다시 봤다.

'웃어 봐!'

여우가 눈알을 굴리며 내게 눈짓했다.

그러자 호랑이도 '그래! 지금 네 얼굴이 똥 밟은 것처럼 기분이 나빠 보인다.' 라고 씩 웃었다.

'지금 경운이는 받아쓰기 시험 망쳐서 화났다고!'

'아냐! 연희하고 싸워서 그래.'

'그래, 우리도 기분 나쁠 때 입을 꽉 다물잖아.'

돌멩이들끼리 눈동자를 굴리며 말을 주고받았다.

"말을…!"

아침에 돌멩이라고 생각한 여우가 눈을 찡긋한 게 사실이었다. 마법찰흙으로 만든 돌멩이란 말인가?

'우린 특별해.'

여우가 큰 눈을 굴리며 내 생각을 읽었는지 용에게 '안 그러냐?' 라고 묻기까지 했다. 독수리도 눈을 깜박여서 맞장구쳤다.

'너도 특별하고.'

'그래, 넌 특별한 아이야. 우리가 눈으로 생각을 말하면 넌 읽잖아. 네 눈빛이 자꾸 변하는 걸 보면 알아. 방금도 내가 특별하다고 말하니까 놀라는 눈이고.'

'네가?'

'네 눈은 아주 특별한 눈이야. 넌 믿지 않겠지만 넌 초자연적인 힘이 있어. 마법사의 피가 흐른다고 할까. 아니면 정령의 힘, 아니면 신비스러운 힘? 그래서 넌 찰흙인형들도 말하고 생각하는 영혼이 있다고 믿잖아!'

여우가 진지하게 말할 때, 나는 여우의 말을 인정했다.

나는 찰흙인형을 만들 때 공기 중에 있는 영혼이 스며들기를 빌었다. 찰흙인형도 사람처럼 한번 태어나서 사라지니까 그들의 삶도 소중했다. 그래서 엄마는 내가 예술가의 마음이 있다고 했다.

'말도 안 돼!'

나는 놀라 입을 다물지 못했다. 한편으로는 흥분되었다. 돌멩이들과 눈으로 이야기를 나눌 수 있다는 나 자신이 놀랐다.

'이런 게 엄마 말대로 눈빛만 봐도 무슨 말을 하는지 안다는 종류와 같은가' 내게 물었다.

그래서 아파트 입구에 여인 조각상의 가슴이 뻥 뚫린 걸 보고 "엄마, 가슴이 뚫린 건 사람들이 따뜻한 마음을 채우며 살아가라고 뻥 뚫린 거야!" 하고 조각상의 의미를 엄마에게 말했던 것도, 내게 보는 눈 외에 또 다른 눈이 있다고 엄마가 말한 것도, 내가 특별한 눈을 가져서 마녀찰흙인형이 눈으로 말하는 걸 읽었던 걸까? 어렸을 때부터 찰흙인형들과 이야기를 하며 지낸 게 도움이 되었던 걸까?

'그런데 너희들은?'

'우린 너를 도와주라고 사부 마녀가 보내준 거야.'

주황색 돌멩이 여우가 대답했다.

'사부 마녀가?'

나는 새엄마를 떠올렸다.

'착각하지 마. 네가 생각한 새엄마가 아냐. 우리 사부 마녀는 엄—청 착하니까.'

'정의라면 물불을 가리지 않고 도와주는 분이시지.'

'널 만나고 싶다고 했어! 지금은,'

'여우야!'

호랑이가 여우에게 말하지 말라고 주의를 시켰다.

그때 승강기가 8층에 멈추었다.

한순간 돌멩이들이 아무 일 없던 것처럼 표정이 굳어졌다.

집에 들어가기 싫어

801호 현관문을 바라봤다.

지금쯤 경희가 책상과 벽이 닿은 구석에 앉아 있을 것이다. 어쩌면 화장실에 가고 싶어서 두 손을 바짓가랑이 사이에 넣고 "으으으!" 하며 소변을 참는지 모른다.

마녀는 내가 학교에서 있었던 일을 연희한테 전화로 묻는다.

"착한 연희 요정, 오늘은 경운이가 학교에서 말썽은 피우지 않았나요-옹?"

마녀가 코맹맹이 소리로 물으면 연희는 끔벅 죽는다. 특히 착한 요정이라고 부르면 연희는 내가 학교에서 있었던 일을 다 이야기한다. 마녀의 속셈은 유나찰흙인형이 말썽을 부리는 걸 봤는지 묻는 건데, 지금쯤 마녀는 내가 받아쓰기 10점 받은 것보다 연희와 함께 집에 오지 않아서 화가 났을 것이다.

그뿐인가.

연희 엄마가 마녀를 위로한다고 말하면서도 연희가 백 점 받았다는 걸

은근히 자랑한다. 그리고서 "경운이도 철이 들면 공부 잘 할 거예요. 너무 경운이를 닦달하지 마세요." 하고 말(연희 엄마는 위로라고 생각함)하면 마녀는 화가 화산처럼 폭발한다.

　할머니가 말했다.

　아빠는 서른 살이 다 돼서야 철이 들었다고 말했다. 그런데 내가 철 들레면 서른 살은 돼야 하는데 마녀가 화가 안 나겠는가.

　난 공부가 어렵고 재미도 없다.

내가 가장 잘하는 것은 찰흙으로 만들기다.

호랑이도 이길 수 있게 토끼에게 뿔과 날카로운 송곳니를 만들어주고, 코끼리는 병아리처럼 아주 작게 만들어서 먹이도 조금 먹고 방에서 애완견처럼 기를 수 있게 만든다. 찰흙을 다루는 건 마녀가 유치원이나 초등학교 1학년 수준이라면 나는 고등학교 수준이라 비교가 안된다.

난 엄마를 닮아서 그렇다.

엄마도 어렸을 때 만들기와 그림 그리는 걸 좋아했다고 했다. 부모님이 반대해서 포기했다고 한다. 이유는 밥을 굶는다고 했다. 빵이나 라면 먹으면 되는데,

내게는 엄마가 사라질 때 놓고 간 이상한 찰흙과 쪽지가 있다.

쪽지에는,

경은아
엄마가 이상한 찰흙 하나 구했다.
아무에게나 보여주지 말고 잘 숨겨라.
옛날이야기에 의하면 위험할 때 찰흙이 사람을 구해준다고 했다.
경희를 잘 보살피고 아빠 말도 잘 듣고,
엄마가 너랑 네 동생을 하늘만큼 땅만큼 사랑한다는 거 알지?
- 엄마가 씀-

나는 쪽지를 읽고 또 읽었다. 엄마가 사라진 이유나 찰흙에 관한 이야기는 쓰여 있지 않았다. 문방구에서 파는 찰흙과 다르다면 이상한 찰흙

이니 잘 숨기라고 그리고 위험할 때 사람을 구해준다는 점이었다.

나는 기대를 걸고 비닐에 싸인 찰흙을 조심스럽게 열어보았다.

찰흙 알갱이마다 붉고 푸른 빛이 나는 모래 가루였다. 자세히 보니 붉은 점이 푸른빛에 둘러싸인 씨앗 같았다. 나는 실망했다. 왜냐면 문방구에서 파는 찰흙은 물을 넣지 않아도 곧바로 무엇이든 만들 수 있었다. 그런데 엄마가 준 찰흙은 아주 작은 찰흙 알갱이들이었다. 그래서 물을 부으면 뭉쳐질 거라 믿었다. 하지만 찰흙은 물을 차게 하거나 미지근하게 하여 달리 부어도 뭉쳐지지 않고 모래처럼 부서졌다. 오기가 발동했다. 찰흙을 가지고 수차례 실험했다.

하루는 찰흙에다 물을 부었다가 그릇 가장자리에 맺힌 물방울 속에 찰흙 알갱이 하나를 보고 놀랐다.

푸른 빛에 싸인 붉은 점이 아니라 푸른 눈자위에 붉은 눈동자가 있었다.

나는 곧장 위층에 사는 연희한테 달려갔다. 찰흙 이야기는 하지 않고 잠깐 볼 게 있다고 말하고 돋보기를 빌려왔다.

알갱이마다 화난 눈, 노려보는 눈, 사나운 눈, 무심한 눈, 슬픈 눈들이었다.

난 이상한 찰흙을 '붉은 눈 찰흙' 이라 이름 지었다.

그날 이후로 붉은 눈 찰흙에 대한 의문이 생겼다.

첫 번째, 찰흙이라면 물을 부으면 잘 뭉쳐져야 하는데 뭉쳐지지 않은 점. 두 번째, 모래 가루나 다름없는 찰흙을 숨기라고 한 점. 세 번째, 엄마가 사라진 것과 찰흙과 어떤 관련이 있을 거라는 점. 네 번째, 찰흙 알갱이마다 눈빛이 말하는 게 뭔지. 다섯 번째, 나중에 안 일이지만 새엄마가 붉은 눈 찰흙을 찾는다는 점. 여섯 번째, 이건 내 판단이지만 찰흙을 만질 때 누군가가 지켜보고 있다는 느낌이었다.

나는 붉은 눈 찰흙에 대한 궁금한 점을 마음속에 간직한 채 곰인형 뱃속에 찰흙을 숨겼다. 내 동생도 이 사실을 지금까지 모른다.

내가 찰흙을 좋아하는 건 엄마와 나와 생각을 이어주었다. 그래서 난 찰흙인형을 가지고 놀 때마다 "마법찰흙으로 만든 인형이니까 진짜 말을 하는 거야." 라고 말하면 엄마는 흥미로운 눈으로 나를 봤다.

다섯 살 때의 일이었다.

내가 밀가루 반죽으로 토끼인형을 부수었다가 다시 만들기를 스무 번도 더했다.

'내가 바라는 표정이 아냐.', '내가 바라는 눈이 아냐.', '내가 생각하는 웃음이 아냐.' 이러기를 끙끙대며 만들기를 스무 번 이상 반복했다.

"어마! 우리 경운이가 이제는 가슴으로 찰흙을 다룰 줄도 아네!"

엄마는 내가 올림픽에서 금메달을 딴 것만큼이나 자랑스럽고 감격한 목소리로 말했다. 그리고 토끼찰흙인형이 완성되어 가는 과정도 한눈팔지 않고 지켜보았다.

"난 토끼가 동생이 생겨서 좋아하는 모습을 표현하려고 했어요."

뒷발로 서서 두 앞발은 가슴에 모으고 따뜻한 미소를 지은 토끼찰흙인형이었다.

"따뜻한 가슴으로 만든 찰흙인형은 마치 살아있는 동물처럼 느끼고 눈으로 말도 나누고 생각도 주고받을 수 있는 영혼이 있단다."

"프랑스의 조각가 오귀스트 로댕이 만든 '생각하는 사람' 처럼

요?"

분식집 누나와 함께 도서관에 가서 '로댕' 책을 봐서 안다.

"그렇단다."

"로댕이 만든 '생각하는 사람'을 보면 여러 가지 고민을 하고 있다는 걸 느껴져요."

"그래서 작가는 작품 속에 자신의 뜨거운 정신과 열정과 만들고자 하는 생각을 다 쏟아서 작품을 만든단다. 마치 영혼이 깃든 것처럼."

엄마는 내가 찰흙으로 다루고 만드는 생각이나 마음가짐은 어른 같다고 말했다.

나는 엄마의 말을 이해는 다 못했지만, 칭찬은 내가 찰흙을 다룰 때 진지한 마음가짐을 갖게 하는 데 도움을 주었다.

그래서 나는 찰흙으로 동물이나 사람을 만들 때마다 이야기가 있는 인형을 만들었다. 그래서 동물이나 사람이 위기에 처하거나 죽을 때마다 엄마가 "어쩌면 좋아!", "불쌍하지도 않니?", "다음에는 어떻게 되니?" 등등. 엄마가 안타까워할 때마다 나는 이를 즐기려고 동물이나 사람을 자주 궁지에 몰아넣거나 영웅을 만들었다. 그렇게 내 이야기를 공감하고 들어주던 엄마가 사라졌다.

그게 3년 전이다.

엄마가 사라지기 일주일 전부터 엄마는 방에서 나오지 않았다.

엄마는 누군가에 쫓기는 듯 불안해 하였고 아빠와도 자주 싸우고 나서 울었다. 나는 엄마가 위협이나 강한 압력을 받았다고 느꼈다. 그래서 엄마에게 무엇 때문인지 물을 수가 없었고 물어서도 안 된다고 믿었다.

엄마가 사라지기 전날 밤에는 아빠가 엄마한테 "네 친구가 아니라 네가 저주를 받았어야 마땅했어. 알아!" 라는 목소리가 내 방에도 또렷이 들렸다. 엄마가 뭘 잘못했기에 아빠가 야단쳤는지 아직도 모른다.

그리고 다음날 아침 평소보다 집 안이 휑하다고 느꼈다. 엄마가 사라졌다. 난 엄마가 사라진 데 대한 수수께끼를 풀 실마리를 남겼을 거라고 믿었다. 책상 서랍에는 종이로 둘둘 싼 붉은 눈 찰흙과 쪽지뿐이었다. 아빠에게도 물었으나 대답해 주지 않았다.

나는 엄마가 남긴 쪽지를 읽은 순간, 엄마는 뭔가 뜻을 이루려고 사라졌다는 걸 짐작했다. 한 가지 걱정이라면 글 어디에도 엄마가 다시 돌아오겠다는 말은 쓰여 있지 않았다. 하지만 난 엄마가 돌아올 거라 확신했다.

지금도 아빠가 엄마에게 왜 화를 냈는지 수수께끼였다. 수수께끼를 풀려면 아빠에게 그날 있었던 일을 물어봐야 하는데 나는 물을 엄두가 나지 않았다. 아빠는 아빠 친구가 건설사에 높은 사람이어서 큰 공사가 있을 때마다 불려 다녔다. 한 달에 한두 번 집에 오면 잠만 잤다. 아빠와 놀아본 적이 없어서 난 아빠 눈을 피하고 아빠는 우리와 눈이 마주치면 어색해 했다.

엄마가 사라진 며칠 동안 나는 붉은 눈 찰흙이 뭐가 대단하냐고, 엄마가 사라질 만큼 중요하냐고, 우리를 버릴 만큼 중요하냐고 엄마를 많이 원망했었다. 나중에 새엄마가 오고 나서 엄마가 우리를 지키려고 뭔가 찾아 나섰다는 걸 느낌으로 조금씩 알게 됐다.

나는 엄마가 사라지고 열흘이 지나서 붉은 눈 찰흙을 어디에 숨길지 고민했다. 새엄마가 오기 전이었다.

옷장이나 책상 서랍, 책장과 찰흙인형들을 담은 상자에 숨기기에는 마땅치 않았다. 그렇다고 주방이나 안방, 화장실에 숨길 수가 없었다.

하루는 돼지찰흙인형을 멀거니 바라보고 있었다. 문득 붉은 눈 찰흙을 어디에 숨겨야 할지 좋은 생각이 떠올랐다.

엄마를 찾으러 분식집에 들렀다가 아줌마가 과자 사 먹으라고 준 돈으로 칼라찰흙을 세 개 샀다.

동생이 잠들기를 기다렸다가 칼라찰흙으로 곰인형을 만들었다. 사람들의 관심을 끌지 않기 위해서 생각해 둔 데로 만들었다. 눈도 다리도 귀도 짝짝이로 만들었고 코는 새끼손가락으로 꾹꾹 눌러서 돼지 코로 만들었다. 곰인형이 못 생기면 달라거나 훔쳐가지 않을 거라는 이유였다. 곰인형을 만들 때, 누군가가 지시한 게 아니라 나도 모르게 꼭 그렇게 만들어야 한다고 그래야 곰인형을 지킨다는 생각이 들었다. 새엄마가 오고나서야 생각이 옳았다는 걸 알았다. 그리고 엉터리 곰인형을 만든 게 멋진 생각이었다고 마음 뿌듯했다.

아빠는 엄마가 집을 나간 지 한 달도 되지 않았는데 새엄마를 데려왔다. 둘은 만난 지 하루 밖에 안 됐다는데 오랜 사이처럼 말을 주고받았다. 특히 안방을 둘러보고 엄마의 낡은 옷이나 화장품을 보고 흥을 봤다. 그리고 내 방에 들어와서 찰흙인형들을 하나하나 꼼꼼하게 살폈다. 찰흙인형들을 잘 만들었다고 말은 칭찬하면서도 눈빛은 뭔가 찾았다.

다음날은 엄마가 뭘 주고 간 건 없는지 은근슬쩍 물었다. 붉은 눈 찰흙을 주지 않았느냐고 묻지는 않았지만, 마녀가 찾는 건 엄마가 준 찰흙이라는 걸 단박에 알 수 있었다. 그때부터 난 새엄마가 마녀라는 생각을 갖기 시작했다.

믿기지 않는 일은 또 하나 있다. 새엄마가 온 사실을 연희가 말하지 않았다는데, 지킴이 할아버지가 알고 있었다.

지킴이 할아버지는 나만 보면 "새엄마가 좋지?", "새엄마가 뭘 달라는 건 없냐?", "엄마 소식은 없냐?", "새엄마가 엄마 이야기는 않더냐?" 등을 물었다. 나는 우리 집에 새엄마가 왔다는 소문이 아이들에게 알려질까 봐 지킴이 할아버지가 묻는 말에 대답하지 않았다.

나는 현관 가까이 다가가 귀를 기울였다.

조용했다.

그때 주머니에 넣었던 돌멩이가 오른손 검지를 살짝 깨물었다.

여우였다.

'우리를 어디에서 주웠느냐고 마녀가 물을 거야. 그럼 너는 길에서 주운 돌멩이라고 대답해!'

여우가 경고처럼 눈을 부라렸다.

'마녀라면 우리를 금방 알아챌 거야.'

용이 걱정스러운 눈으로 말했다.

'넌 주웠다고 우기면 돼. 그렇지 않으면 입을 꽉 다물든가.'

모두 여우의 말을 따르라는 눈빛이었다.

기억 (마녀가 온 날)

마녀가 온 날짜는 기억이 나지 않지만 저녁이었다.

동생과 TV를 보고 있는데 초인종이 울렸다.

나는 달려가 현관문을 열었다.

아빠가 싱글벙글 웃고 있었다. 엄마가 사라진 지 한 달 동안 술만 먹고 절망한 얼굴이었는데.

나는 그 이유를 알고 입이 쩍 벌어졌다.

아빠 뒤로 연예인처럼 예쁜 아줌마가 환하게 웃고 있었다. 그리고 동생 경희보다 조금 작은 여자아이가 나와 눈이 마주치자 씩 웃었다. 분홍색 원피스가 잘 어울렸다.

난 아빠가 친척 중 누군가를 데려온 줄 알고 기뻤다. 그래서 아빠에게 "누구예요?" 라고 물으려고 하는데,

"새로 온 네 엄마다. 인사해라."

아빠가 아줌마의 앞을 비켜주면서 기분 좋은 목소리로 말했다.

나는 아빠가 웃으니까 농담인 줄 알았다. 그래서 아빠의 눈을 빤히 보

면서 '사실대로 말해요.' 라고 물었다.

　엄마는 한 달 전에 아빠와 싸우고 집을 나갔다. 무슨 사정이 있어서 잠시 집을 나갔다고 믿었다. 엄마가 우리에게 세상에서 나와 동생과 아빠를 하늘만큼 땅만큼 사랑한다고 말했다. 아빠도 이 사실을 모를 리 없다.

　"인마, 어서!"

　아빠가 소리쳤다.

처음 본 여자를 엄마라니. 낯선 사람이 친척이라고 말해도 믿지 말라고 엄마가 가르쳤다. 그리고 아빠는 엄마를 미워하겠지만 엄마는 아빠를 미워하지 않았다. 아빠가 술을 먹고 와서 엄마에게 심한 말을 했을 때도, 엄마는 우리에게 아빠가 힘들고 괴로워서 아이처럼 투정 부린다고 말했다. 혹시라도 우리가 아빠를 미워할까 봐 엄마는 아빠가 겉은 말을 안 해도 속마음은 나와 동생을 많이 사랑한다고 말했다. 그래서 아빠가 멀리 지방까지 가서 일한다고 했다.

나는 화가 났다. 그리고 새엄마가 오면 엄마는 영영 잊힐 거라는 두려움 때문이었다.

동생 경희가 눈물을 뚝뚝 떨어뜨렸다. 오늘도 "엄마, 몇 밤 자고 와?"라고 아침에 눈을 뜨자마자 내게 물었다.

"안녕!"

새엄마가 생글생글 웃으면서 인사했다.

얼굴이 예쁘니까 목소리도 고왔다. 아빠하고 너무 안 어울렸다.

아빠는 공사장에서 일하는 사람처럼 옷도 작업복만 입고, 얼굴도 붉게 탔고, 배도 나오고, 머리도 부스스하고, 수염도 듬성듬성 난 데다 목소리도 우렁우렁 커서 아빠라고 부르기에도 창피했다.

난 새엄마가 며칠 살다 도망갈 거라고 확신했다.

그 이유로 아빠가 생일도 잘 챙겨주지 않고, 손발도 씻으라고 말해야 씻고, 지방에 일하러 가면 일주일이고 한 달이고 연락도 없고, 따뜻한 말도 할 줄 모르는 무뚝뚝한 남자라는 게 드러날 테니까. 그리고 나도 새엄마의 말을 듣지 않고 괴롭히면 되니까.

여기까지 생각하자, 화가 누그러지고 새엄마를 내쫓는 일쯤은 어렵지 않다는 생각이 들었다. 우리 집이니까.

"아주 잘 생겼구나!"

새엄마가 엉거주춤 앉아서 내 손을 만지고 이마로 내려온 머리카락도 뒤로 넘기면서 볼도 쓰다듬었다. 새엄마의 몸에서 바닐라향이 풍겼다.

나는 불에 덴 것처럼 움찔했다. 새엄마의 손이 얼음처럼 차가웠다.

새엄마도 내가 놀란 이유를 알아차리고 손을 얼른 치웠다.

"참 내 손이 얼음처럼 차갑지? 내가 엄마 배 속에 있을 때 엄마가 먹은 아이스크림을 내가 다 빼앗아 먹었나 봐!"

새엄마가 웃으며 농담했다. 내가 나이 어리다고 얕잡은 말 같았다.

난 웃지도 않고 새엄마의 눈도 마주치지 않았다.

보름달처럼 둥근 얼굴에 까만 눈썹과 속눈썹, 오뚝한 코, 작은 입술을 붙이면 새엄마 얼굴이다. 엄마보다 훨씬 예쁘다. 엄마는 화장도 하지 않아서 기미와 주근깨가 많고 새엄마처럼 날씬하지도 않고 뚱뚱하다.

"이름이 뭐지?"

"…."

내 마음속에는 화가 수증기처럼 몽글몽글 피어올랐다. 새엄마가 싫으면 싫다고 말하지 못한 내가 무지하게 미웠다.

"아줌마는 무척 궁금한데…?"

새엄마가 흰 이를 반쯤 드러내놓고 환하게 웃었다. 눈빛만 보면 '이름만 말해. 응! 제발 이름만! 이름마-안!' 이라고 안달복달했다.

나는 아빠를 봤다.

내가 새엄마를 원치 않는다는 것을 아빠가 눈치챘으리라 믿었다.

그런데 아빠는 한술 더 떠서 새엄마한테 애들은 신경 쓰지 말라고 말했다. 아직 어리지만 착하고 말을 잘 들을 거라면서 내 생각은 묻지도 않았다.

새엄마도 아이들이 착해 보여서 맛있는 쿠키나 좋아하는 찰흙을 사 주면 금방 친해질 거라고 웃으면서 맞장구쳤다.

'흥! 누구 맘대로. 내가 가만 안 둘 거야!' 나는 속으로 별렀다.

아빠가 마녀의 말이 흡족한지 바보처럼 누런 이를 드러내놓고 웃었다.

갑자기 새엄마가 친절한 건 집을 차지하고 우리를 내쫓으려는 속셈은 아닐까 라는 불길한 생각이 들었다.

"오빠, 안녕!"

여자아이가 손을 흔들며 인사했다.

나는 여자아이에게 '내가 왜 네 오빠야' 라는 눈빛으로 쏘아붙였다.

"인마, 네 동생이야. 이름이, 그러니까 우리 성씨가 김 씨니까 김유나야. 그렇지?"

아빠가 유나에게 친절하게 대하자, 나는 머릿속이 뒤집혔다.

"아빠는 우리한테 물어보지도 않고!"

엄마가 집을 나간 후로, 아빠가 힘든 우리에게 따뜻한 말 한마디 없었다. 툭하면 라면을 끓여 먹으라고 소리치거나 김밥을 사 오면 던져주고는 안방에 들어가서 다음날 날이 훤할 때까지 잤다.

유나가 아빠에게 "네, 아빠." 하고 붙임성 있게 대답했다.

아빠가 기분이 좋아서 또 한 번 바보같이 히죽 웃었다. 그리고 유나의 어깨를 다정하게 톡톡 치면서 "그래, 유나는 착하지!" 하고 말하고 고개도 끄덕였다.

새엄마가 내 방에 들어오더니, 책상 위와 아래 그리고 상자에 있는 찰흙인형들을 하나하나 살피며 잘 만들었다고 칭찬했다.

난 눈을 부릅떴다. 엄마가 주고 간 찰흙을 새엄마가 찾을지 모른다는 생각이었다. 왜냐면 찰흙인형들을 바라보는 새엄마의 눈이 형사처럼 매서웠다. 곰인형을 만질 때는 한번 쓱 보고는 "이건 꽤 무겁네"라고 중얼거리면서 제자리에 놓았다. 다른 찰흙인형은 뱃속을 비웠지만 곰인형은 뱃속에 붉은 눈 찰흙을 가득 채워서 무거웠다.

조금 전까지 매의 시선이었다면 이제는 따뜻한 시선으로 나를 보았다.

나는 가슴을 쓸어내렸다.

"만들 때 엄마가 도와주었지?"

새엄마는 일곱 살 아이가 동물이나 사람들의 특징을 잘 살려서 재미있고 익살스럽게 만든 게 믿기지 않는 표정이었다.

나는 우쭐했지만 내색하지 않았다. 난 커서 훌륭한 조각가가 될 거라는 말도 참았다.

"경운이가 찰흙인형을 만드는 솜씨가 대단한데!"

"…."

"인마, 언제까지 입 다물고 서 있을 거야. 어!"

안방에서 옷을 갈아입고 나오던 아빠가 소리를 꽥 질렀다.

아빠는 일곱 살 아이가 한 달 전에 엄마를 잃은 슬픔이나 그리움도 없는 줄 아는지. 그리고 엄마가 안아주던 품이 그리워서, "우리 강아지"

라는 엄마의 목소리가 듣고 싶어서, 엄마가 일을 마치고 돌아와 환하게 웃으며 우리를 반기던, 특히 엄마 사진을 볼 때마다 엄마가 보고 싶어서 눈물을 흘린 일은 아빠는 알 리 없다.

그리고 네 살짜리 경희가 아침에 눈을 뜨거나 잘 때마다 엄마가 보고 싶다고 훌쩍거리는 일도 아빠는 몰랐다. 어쩌면 새엄마가 오면 엄마를 금방 잊을 거라는 생각만 하는 것 같았다.

또 한 번 설움이 복받쳐서 참았던 눈물이 왈칵 쏟아졌다.

"여보오! 제발 우리 착한 경운이한테 소리치지 말아요오!"

새엄마가 날 안으면서 아빠에게 눈을 찡긋하며 애원했다.

"싫어-!"

나는 새엄마를 힘껏 밀쳤다. 이참에 새엄마가 싫다는 걸 확실히 해두고 싶었다.

새엄마가 뒤로 엉덩방아를 찧었다.

"우리 집이니까 가!"

"이 녀석이!"

아빠가 안방에서 달려 나와 날 때리려고 손을 치켜들었다.

"아빠 싫어! 새엄마도 싫어! 엄마 데려와-!"

나는 주저앉아 엉엉 울었다. 경희도 내 팔을 붙들고 따라 울었다.

새엄마가 내 앞을 가로막고 아빠에게 참으라고 달랬다.

아빠는 "녀석이 버릇이 없어! 엄마가 오냐오냐 키웠더니," 라고 말하고는 화장실로 들어갔다.

나는 꺼억! 꺼억! 딸꾹질하며 울었다.

"요즈음 아빠가 밤늦게까지 술 드신 거 알지요?… 경운이하고 경희를 돌봐 줄 사람이 있어야 일하러 가는 데 없어서 괴로웠던 거예요. 그래서, 그래서 아빠가 도와달라고 나한테 사정해서 내가 승낙했어요. 그러니까 난 경운이하고 경희를 돌봐주려고 왔어요. 이제 경운이도 내 마음 알지요? 나도 경운이와 경희가 우리 때문에 많이 혼란스러운 거 알아요. 그리고 엄마 보고 싶다는 것도 잘 알아요. 그래서 이제부터 내가 경운이 엄마처럼 경운이와 경희를 잘 보살필 거예요."

　새엄마가 아빠의 힘든 사정을 말하자, 나는 더는 화를 낼 수 없었다.

　"참 깜빡했네. 경운이하고 경희가 좋아하는 걸 내가 가져왔는데…."

　새엄마가 커다란 가방에서 동생에게는 예쁜 공주 인형을, 나에게는 칼라찰흙을 꺼내 주었다. 문방구 앞을 지날 때마다 사고 싶었던 비싼 칼라찰흙이었다. 그것도 세 개나, 귀신에게 홀렸는지 나도 모르게 손을 내밀고 말았다.

　"경운이는 찰흙으로 만들기를 잘한다고 아빠한테 들었어요. 찰흙으로 만들어서 나한테 보여줘요?"

　나는 고개를 보일락 말락 하게 끄덕였다.

　그날 밤 엄마가 돌아오지 않을 거라는 생각이 많아지자 눈물이 났다. 엄마가 집을 나간 지 1주일은 엄마가 현관문을 열고 들어서면서 "경운아, 엄마 왔다!" 라는 소리가 문득문득 들려서 방문을 열고 뛰쳐나갔다. 어느 때는 자다가도 "욘석이 엄마가 보고 싶지도 않나 봐." 라며 잠든 나를 깨운 줄 알고 잠이 깬 적이 있었다. 그게 20일이 지나자 엄마가 돌아오지 않을 거라는 생각이 굳어졌다.

　동생 경희도 엄마가 보고 싶다는 말은 못 하고 울기만 했다.

　새엄마가 친절할 거라는 나의 기대는 다음날 어린이집에 다녀와서 무너졌다.

　어린이집에 갔다 오면 손발을 씻고 세수하고 내 방 정리하고 청소까지, 새엄마는 내가 매일 해야 할 일이라고 다섯 가지를 말했다.

　나는 손발도 씻지 않고 방구석에 앉아서 눈물을 뚝뚝 떨어뜨렸다.

　밤늦게 돌아온 아빠가 이 사실을 알고 야단쳤다. 두 살 적은 유나는 혼자 손발도 씻고 자신이 가지고 놀았던 장난감도 스스로 치운다고.

나는 아빠가 밉고 원망스러웠다. 아빠에게 유나하고 새엄마가 좋으면 같이 나가 살라고 소리쳤다. 그리고 우리 집은 엄마가 돈을 더 많이 벌어서 산 집이니까 엄마를 데려와서 살 거라고 말했다.

　아파트 융자금을 갚기 위해서 오전부터 다음날 새벽까지 엄마가 일한 걸 아빠가 모를 리 없다.

　아빠가 화가 많이 났을 텐데도 야단치지 않고 한숨만 푹푹 쉬었다. 아빠의 표정엔 엄마를 내쫓은 걸 후회하는지 아니면 엄마가 고생하던 그때를 떠올렸는지 생각이 아주 많아 보였다.

　나는 그날 밤 내 방에 들른 아빠에게 "아빠, 말 잘 들을게요. 엄마 데려와요!" 라고 두 손으로 싹싹 빌며 애원했다.

　그때 일이 지금도 또렷했다.

마녀 딸 유나

나는 눈에 힘을 주었다.

아파트는 엄마와 아빠가 일해서 샀으니까 당당하기로. 마녀도 내가 나가라면 나가야 옳다고 생각했다. 그리고 동생이 소변을 참느라 몸을 배배 꼬며 고통스러운 모습을 떠올리자 마음이 급해졌다.

나는 주먹으로 현관문을 탕탕 두드렸다.

마녀가 기다렸다는 듯이 문을 쾅 소리 나게 열었다.

주방에서 실험하다 나왔는지 마녀의 몸에서 시큼한 누린내와 바닐라향 냄새가 풍겼다. 화난 표정을 보니 오늘 학교에서 있었던 이야기를 연희한테 들은 게 분명했다. 아니면 오늘 실험을 망쳤는지 모른다.

방에 있던 경희가 쪼르르 달려와 내 오른팔을 잡았다. 경희의 눈에는 내가 나타나서 반가운지 눈물이 그렁그렁 괴어 있었다.

"빨리 들어오지 않고 뭐해!"

마녀의 목소리는 작지만 차가웠다.

순식간에 당당했던 내 몸이 움츠러들었다. 하지만 기분은 좋았다. 내가 10점 받아서 야단맞는 건 괜찮다. 마녀가 원하는 약을 만들지 못했다는 건 아직 기회가 있다는 뜻이다.

　나는 현관에 들어섰다. 마녀가 야단을 쳐도 '기죽지 말자.' 속으로 되뇌면서,

　유나가 "오빠 죽었다" 라고 입술을 달싹거리며 약을 올렸다.

별명은 여우다. 나보다 두 살 아래지만 가끔 내가 유나 동생인가 하고 착각할 때가 많다. 나보다 한글도 많이 알고 수학도 잘했다. 어린이집도 안 다녔다는데,

유나의 코가 돼지 코, 눈은 붕어 눈, 입은 하마 입, 뭐 이랬으면 좋겠다. 하지만 마녀가 예쁘니까 여우도 예쁘다. 내가 동생이라고 인정한 적도 없는데 "오빠, 오빠"라고 막 불렀다.

고소한 쿠키 냄새가 식탁에서 났다. 땅콩과 잣, 건포도 그리고 초콜릿이 적당히 묻힌 쿠키가 노릇노릇하게 잘 구워져서 먹음직스럽다. 마녀가 만든 건데 제과점에서 산 것보다 더 맛있다.

이번에도 마녀가 틀린 낱말 백 번에다 숙제 열 번을 다 써야 쿠키를 먹게 할 거다.

내가 신발을 벗고 거실에 들어서자, 동생이 화장실로 달려갔다. 내가 학교에 간 후부터 지금까지 소변을 참았다. 동생에게 미안했다.

"연희가 같이 가자고 몇 번이나 말했는데 고집 피웠다면서?"

마녀의 화난 목소리였다.

"둘이 함께 다니라고 내가 수십 번 말했잖아!"

"…"

"앞으로 둘이 함께 다니겠다고 약속해!"

나는 고개를 끄덕였다. 집에 오는 동안 연희가 함께 다니지 않겠다고 새엄마한테 말하면 어쩌나 내심 걱정했었다.

"받아쓰기 공책 가져와 봐!"

나는 책가방에서 받아쓰기 공책을 꺼내어 마녀에게 건넸다.

"'앉았습니다'를 '안자씀니다' 허! 기가 막혀! 그리고 이건 뭐야? '함께'를 '함깨'라고 '께' 자를 참깨 할 때 '깨' 자로 썼네,"

마녀가 기가 막히다는 표정을 지었다.

"나도 쓸 수 있는데…."

틀린 수학 문제나 낱말을 마녀가 지적할 때마다 유나가 그냥 지나치는 법이 없었다.

나는 '너 나한테 죽고 싶어!'라는 눈으로 유나를 노려봤다.

유나가 마녀 뒤로 숨으면서 '오빠, 바보!'라고 혀를 내밀었다.

"지금 당장 틀린 낱말 백 번 써!"

마녀가 공책을 식탁 위에 던졌다.

"이상하게 쓰지 말고 낱말을 하나하나 소리 내어 읽으면서 써."

나는 공책을 가지고 내 방으로 왔다.

엄마가 준 찰흙을 주지 않았다고(이건 내 생각) 백 번을 쓰게 하니까 억울했다. 눈물이 공책 위로 뚝뚝 떨어졌다.

경희가 옷소매로 공책에 떨어진 눈물을 닦았다.

"누가 닦으래!"

나도 모르게 소리를 버럭 질렀다.

경희가 큰 잘못이라도 저지른 것처럼 눈물을 글썽거렸다. 경희는 종이가 눈물에 젖어서 찢어질까 봐 닦은 건데.

"넌 나한테 신경 쓰지 마."

아빠가 엄마를 내쫓고 지금까지 우리에게 미안하다는 말을 하지 않았듯이, 나도 동생에게 미안하다는 말을 하지 않는 점이 아빠를 닮았다.

여기까지 생각했는데도 경희에게 "내가 화 내서 미안해!" 하고 따뜻한 말은 머릿속에서만 맴돌았다. 그게 내가 좋아하는 연희였다면 미안하다고 열 번도 더 했을 것이다.

나는 두 가지 마음을 가진 게 부끄러웠다.

'앉았습니다'의 '앉'의 'ㅇ'을 세로로 열 번 썼다. 그리고 이번에는 'ㅏ'를 세로로 쓰기 시작했다. 그렇게 쓰면 쉽고 빨리 쓸 수 있다는 나의 생각이었다.

"엄마, 오빠가 글씨를 이상하게 써!"

언제 왔는지 유나가 내 공책을 들여다보고 소리쳤다. 내가 공책을 손으로 가릴 사이도 없었다.

"김경운, 받침 하나씩 쓰지 말라고 내가 몇 번이나 말했지! 그렇게 쓰면 틀린 낱말을 백 번, 천 번을 써도 공부에 도움이 되지 않는다고!"

마녀의 목소리가 주방에서 날아왔다. 내가 어떻게 쓰는지 마녀는 안 보고도 알았다.

나는 유나를 노려봤다.

"엄마, 오빠가 나 혼낸대!"

"내가 언제?"

"엄마-! 오빠가 나 때리려고 해!"

유나가 주방으로 달려가며 소리쳤다. 이르는 게 연희와 똑같다.

마녀가 글씨를 똑바로 쓰지 않으면 낱말을 백 번 더 쓰게 하겠다고 으름장을 놓았다. 하지만 지금까지 백 번을 더 쓰게 한 적은 없었다.

나는 세로로 쓰던 받침을 마저 썼다.

글을 쓸 때 문을 닫거나 잠그면 마녀가 펄쩍 뛰었다.

내가 작은 사고라도 일어날 수 있다는 이유였다.

나는 마녀의 생각과 달랐다. 마녀가 우리를 감시하려고 문을 잠그지 못하게 하는 거라고 믿었다. 밤에도 문을 열어두게 하는 것은 마녀가 내 방에 들어와 엄마가 준 찰흙을 찾으려는 거고.

처음에는 백 번을 쓰지 않으려고 문을 잠근 적이 있었다. 그때 마녀가 열쇠로 문을 열고 들어와서 내가 백 번을 쓸 때까지 책상 옆에서 지켜봤다. 나는 연필을 쥔 손이 부들부들 떨렸고 숨이 막히는 줄 알았다.

이번에도 한 시를 5분 남겨놓고 여든세 번을 썼다. 그것도 내가 꾸벅꾸벅 졸 때마다 마녀가 깨웠기 때문이다.

베게 위에 머리가 닿자마자 깊은 잠에 빠졌다.

번번이 실패

나는 팔이 아프다는 핑계로 아침밥을 반밖에 먹지 않았다. 내가 가방을 메는데 동생이 내 오른팔을 놓아주지 않았다.

"빨리 갔다 올 거야!"

학교에 따라가고 싶다고 애원하는 동생을 뿌리치며 말했다.

현관 밖으로 나오면 후회했다. "내가 학교 수업 끝나면 빨리 올 게. 그리고 조금만 참아." 라고 오빠로서 동생의 불안한 마음을 달래 줄 걸 하고.

"어!?"

101동 앞에 연희와 반장 명식이가 나란히 걸어가고 있었다. 연희 엄마가 방금 연희가 내려갔다고 해서 뒤쫓아 내려왔는데….

엄마가 집을 나간 것만큼 충격이 컸다. 눈물이 핑 돌았다.

어린이집 다닐 때부터 지금까지 연희가 이런 행동을 보인 적은 단 한 번도 없었다.

한 가닥 희망을 걸기로 했다. 지금까지 심하게 다투거나 싸워도 연희

가 아파트 정문에서 기다려 주었었다. 그런데 둘은 뒤도 돌아보지 않고 아파트 정문을 빠져나갔다. 그것도 연희가 나를 봤어도 모른 척 했다는 게 큰 충격이었다.

연희가 내 곁을 완전히 떠났다.

반장 명식이는 잘 생긴 데다 키도 크고 똑똑하고 공부도 잘하고 아빠가 의사다.

언젠가 연희가 나한테 명식이가 좋다고 말했다. 연희 엄마도 반장 명식이가 똑똑하고 바른 아이라고 칭찬한 건 좋아한다는 의미로 말한 거였다.

나는 명식이에 비하면 키도 작고 통통한 데다 고집이 셌다. 그리고 공부도 못하고 엄마는 새엄마이고 아빠는 페인트를 칠하는 미장선수다. 아빠 말은 대한민국 최고의 미장선수라고 자랑하지만 내 생각은 올림픽에 나가서 금메달이라도 땄다면 몰라도.

눈물을 닦아도 계속 나왔다.

둘이 정답게 가는 뒷모습을 보며 따라가는 건 진짜 싫었다. 땅속이든 하늘이든 나는 사라지고 싶었다.

'도깨비 길에 가서 초록도령을 만나서 소원을 빌자!'

나는 아파트에서 가까운 마을 놀이터로 갔다.

미끄럼틀 위에 앉자마자 돌멩이를 꺼냈다.

"궁금한 게 있는데⋯."

돌멩이들은 모두 약속이나 한 것처럼 반응이 없다. 여우도 눈을 감고 뜨지 않았다.

'눈 좀 떠 봐?'

'…'

'나 지금 연희한테 배신을 당해서 기분이 최악이거든. 그래서 한 가지 물어보고 싶은 게 있단 말이야!'

'…'

'싫으면 관둬!'

나는 투덜거리며 다시 주머니에 돌멩이를 쑤셔 넣었다.

놀이터 주위를 돌던 아줌마가 왜 학교 안 가느냐고 물었다. 처음 본 아줌마다.

조금 있으니까 머리를 까맣게 염색한 할아버지도 학교에 늦겠다고 말했다.

나는 놀이터에서 나와 학교를 향해 터덜터덜 걸었다.

학교에 혼자 간 적이 없어서인지 길도, 미용실도, 옷가게도, 미술학원도 그대로인데 낯설고 멀게 느껴졌다.

어린이집 버스를 기다리는 엄마와 여자아이를 보자, 엄마가 보고 싶어졌다.

엄마는 밤에 빌딩 청소를 마치고 새벽에 와서 아침상을 머리맡에 놓고 나를 깨웠다.

내가 졸린다고 투정을 부리면 엄마가 화내는 대신 "아들, 일어나서 세수하고 밥 먹고 어린이집 가야지?" 라고 말하면서 물을 적신 수건으로 얼굴을 닦아주고 아침을 먹여주고 옷까지 입혀주었다.

가방을 멜 시간이면 위층에 사는 연희가 어린이집에 가자고 현관문을 두드렸다.

　나는 어린이집 버스를 타고 내릴 때까지 연희의 손을 놓지 않았다. 집에 올 때도 연희의 손을 꼭 잡았다. 그때 연희의 꼬물거리는 손가락의 보드라운 감촉은 아직도 생생했다. 마치 엄마의 가슴살처럼 보드랍고 따뜻했다. 버스에 타고 내릴 때 잠깐이지만 연희의 손을 놓아야 하는 게 내심 싫었다. 공부 시간에도 연희의 옆자리는 내 차지였다. 다른 아이가 연희의 옆자리에 앉으면 떼를 써서라도 차지했다.

　공부 시간이라 운동장은 텅 비었다.

　문방구 아줌마는 두 다리를 둥근 의자에 올려놓고 앉아서 텔레비전을 보고 있었다. 손에는 연두색 털실로 그릇을 씻을 때 사용하는 수세미를 짜고 있었다.

　아줌마는 나를 봤다고 해도 내버려 둘 것이다. 밤마다 한 시간씩 도깨비 길에서 산책한다고 했다. 우리가 무섭지 않으냐고 물으면 아줌마는 "이 세상에 도깨비나 귀신이 어디 있어"라고 우리를 겁쟁이라고 놀려 댔다.

　그런데 여우 자식이라고 나를 놀리는 지킴이 할아버지는 달랐다.

　도깨비 길 입구에서 얼쩡거리기라도 하면 귀신이 우리를 홀려서 산속으로 데려간다고 겁을 주었다. 그리고 도깨비 길에 간 아이들이 지금까지 단 한 명도 돌아오지 않았다는 말을 덧붙였다.

　아이들은 지킴이 할아버지가 겁주려고 하는 말이라고 곧이듣지 않았다.

　나는 지킴이 할아버지의 말이 옳다고 믿었다. 이유라면 도깨비 길에 들어가지 못하게 담장을 높이 쌓고 학교 유리창도 4층까지 흰 페인트로 칠하고 열지 못하게 고정한 점이었다.

나는 학교 담장을 따라 걸었다.

"헤헤헤!"

억새 뒤에 몸을 숨겼던 성민이가 얼굴을 쑥 내밀었다.

"야!"

"선생님이 데려오라고 했단 말이야."

성민이가 자신은 선생님이 시켜서 왔을 뿐이라고 억울하다는 투로 말했다.

나는 성민이에게 붙들려서 교실에 들어갔다.

'어!'

연희가 반장 명식이와 앉았고 내 옆자리는 비어있었다.

나는 충격을 받아서 눈물이 핑 돌았다. 성민이가 선생님에게 도깨비 길에서 날 데려왔다는 말도 들리지 않았다.

선생님이 책상 가까이 다가오라고 불렀다.

나는 1,000미터 달린 만큼이나 코와 입에서 숨을 쉭쉭 대며 선생님 앞으로 다가갔다.

"내가 도깨비 길에 가지 말라고 말했지?"

선생님이 내가 왜 도깨비 길에 갔는지 이유는 묻지 않고 야단쳤다. 얼굴에는 '내가 얼마나 걱정했는지 아니' 하고 표정을 지어 보이려고 애썼다. 그 표정이 다른 아이들에게 내가 나쁜 아이로 비치게 했다.

불공평 네 번째다.

"김경운, 대답해?"

"…."

"왜 도깨비 길에 간 거야? 내가 아침마다 가지 말라고 몇 번이나 말했는데…."

선생님의 콧구멍에서 내쉬는 숨소리가 뿡뿡 뿜어져 나왔다. 이번만큼은 대답을 받아내고야 말겠다는 선생님의 목소리라 컸다. 연필을 쥐었던 선생님의 손이 부르르 떨렸다.

나는 입을 앙다물었다. 내가 나쁜 아이로 비쳐도 괜찮았다. 연희가 명식이와 함께 학교에 간 일을 말할 수는 없었다.

선생님이 두 번이나 약속하라고 채근했지만, 나는 눈물로 버텼다.

"이제부터 경운이는 성민이와 학교에도 같이 다니고 자리도 같이 앉아!"

내가 자리에 앉자, 선생님이 말했다.

"싫어요!"

나는 부당하다고 항의했다.

나와 마주친 연희가 '약 오르지!' 하고 혀를 쏙 내밀었다. 반장 명식이도 평소에 연희와 앉고 싶었기 때문에 100점 맞은 것처럼 환하게 웃었다. 다른 아이들도 모두 선생님이 내게 내린 벌이 정당하다는 표정이었다.

나는 충격으로 눈앞이 캄캄했다. 모든 의욕을 잃었다. 선생님이 마녀보다 더 나빴다. 우리 고민을 들어준다는 선생님의 말이 순 거짓말이라고 따지고 싶었다.

나는 꺼욱꺼욱! 울었다. 날마다 연희와 명식이가 앉아있는 모습을 볼 걸 생각하니 머리가 지끈거렸다. 학교를 그만둘까 하는 생각, 다른 반으로 옮길까 하는 생각이 스쳤다.

"야!"

화가 머리끝까지 났는데 옆자리에 앉은 성민이가 헤헤헤 웃었다.

"왜 그래?"

선생님이 처음으로 내게 물었다.

나는 벌떡 일어났다.

"새엄마가 연희하고 앉으라고 했단 말이에요!"

내 목소리는 '선생님이라고 마음대로 자리를 바꾸면 돼요!' 라는 항의에 가까웠다.

"앞으로 연희 대신 성민이가 너를 책임지고 집에 데려다주고 데려오게 할 거야."

"싫어요! 싫단 말이에요!"

자리를 바꾼 후에야 관심을 보이면 원망만 커진다는 걸 선생님은 왜 모를까.

"성민이는 잘할 수 있을 거야! 내가 성민이를 잘 알아."

"선생님이 왜 맘대로 바꿔요?"

"난 너하고 앉기 싫어!"

연희가 한마디 했다.

이제 따지는 건 바보짓이었다.

'반드시 도깨비 길에 가겠어. 선생님이 못 가게 막는다 해도, 그리고 성민이가 붙잡는다 해도. 두고 봐!'

다음날 마녀는 성민이가 현관문을 두드리면 나를 내보냈다.

내가 화장실에 가거나 복도에 나가도 성민이가 껌딱지처럼 따라다녔다.

선생님도 연희도 반장도 마녀도 내가 도깨비 길에 갈 거라면서 성민이에게 나를 잘 감시하라고 말했다.

셋째 시간이 끝나고 쉬는 시간이었다.

나는 성민이에게 화장실에 간다고 거짓말하고 운동장에 나왔다. 운동장에는 아이들이 많았다. 난 성민이가 따라오지 않는 걸 확인하고 교문 밖으로 내뺐다. 그리고 도깨비 길을 향해 뛰었다.

"경운아, 안 돼!"

억새가 자란 곳까지 왔을 때, 성민이가 내 어깨를 손으로 붙잡았다.

이 일이 있고 난 뒤부터 성민이가 화장실까지 따라왔다.

아이들은 나를 "딸국질"이라는 별명 대신 "성민 투(two)"라고 놀렸다.

나는 작전을 바꿨다.

소변이 마렵지 않아도 화장실에 가고, 운동장에서 빙빙 돌고, 복도에서 얼쩡거리고, 창가에서 밖을 보고, 1층에서 4층까지 하릴없이 계단을 오르내리고, 의자에 앉아서 꼼짝 않고 버티기까지 했다.(평소라면 나는 화장실 외엔 의자에 대부분 앉아 있었음) 나중에는 도깨비 길에 가는 걸 까맣게 잊어버린 것처럼 행동했다.

성민이는 나를 따라다니는 동안 단 한 번도 툴툴거리거나 화내지 않았다.

도깨비 길에 가다

완벽한 기회가 찾아왔다.

'하느님! 부처님! 알라신! 신령님(할머니가 찾는 신) 고맙습니다!'

나는 신을 믿지 않았지만 속으로 너무 감격해서 감사하다고 외쳤다. 입가로 웃음이 절로 흘러나왔다.

성민이가 "배야! 배야!"라고 두 손으로 배를 누르며 얼굴을 찡그렸다. 그리고 날 막무가내로 화장실로 끌고 갔다.

"가면 안 돼."

성민이가 날 미덥지 않은지 세 번씩이나 다짐을 받고서야 화장실에 들어갔다.

나는 성민이를 안심시키기 위해서 안 간다고 으르렁거렸다. 속으로는 '네가 가지 말라고 해서 내가 안 가냐!'라고 조롱했다. 겉과 속이 다르다는 말이 이럴 때 써먹었다.

"경운아, 난 네가 좋아!"

푸드득! 한번 하고 말했다.

"야, 난 네가 싫거든!"
나는 코를 틀어쥐고 소리쳤다.
"난 좋아."
"냄새나니까 말 시키지 마!"
"도망가려고?"

"안 도망가. 그러니까 말 시키지 말라고!"

"아냐. 도망가려고."

"이제부터 절대 말 안 할 거야. 진짜라고!"

나는 언제부터 성민이의 허락을 받고 움직였던가 생각하니까 기분이 언짢았다.

화장실에서 빠져나왔다.

사나운 개가 내 엉덩이라도 물 것처럼 뛰었다.

지킴이 할아버지는 보이지 않았다. 다른 지킴이 아저씨만 의자에 기대 앉아서 신문을 보고 있었다.

문방구 아줌마는 뜨개질하면서 텔레비전을 보았다. 오늘은 분홍색 털실로 짜고 있었다. 아이들이 물었을 때, 수세미를 짠다고 말한 적이 있었다.

아직 성민이는 학교 건물 밖으로 나오지 않았다.

'왜 이렇게 신이 나지?'

발이 땅에 닿지 않는 것 같았다. 이렇게 빠르게 달렸다면 달리기에서 1등을 했을 것이다.

담장을 따라 뛰었다.

지난번에 성민이가 숨었던 억새밭도 지났다. 흰나비 한 마리가 파도타기 하는 것처럼 춤추었다.

나도 모르게 히히히! 웃으며 달렸다. 뒤를 보고, 또 보고, 또 또 보고 달렸다.

학교를 둘러싼 담에는 아이들을 찾는 종이가 덕지덕지 붙어 있고, 빨

간 페인트로 '출입 금지'라고 여기저기 씌어 있었다. 그리고 아이들이 그린 해골과 낙서들로 가득했다.

숨이 차서 헉헉거렸다. 등에 땀이 났다.

내가 지금 도깨비 길에 가고 있다는 걸 새삼 느꼈다. 바람이 상쾌했다. 소나무향기도 나고 꽃향기도 나는 것 같았다.

담장 끝이 얼마 남지 않았다.

성민이가 "가면 안 돼!"라고 헤헤헤 미안한 표정을 지으며 나타날 것 같았다. 어쩌면 성민이는 내가 교실에 간 줄 알고 교실에 들렀다가 올지도 몰랐다. 그것도 아이들과 선생님을 데리고 나타난다면 큰일이었다.

담 위로 학교 옥상이 조금 보였다.

옛날에는 학교를 둘러싼 담이 낮을 때 교실에서 붉은 산이 보였다고 했다.

그 후로 아이들이 하나둘 사라지자 담장도 높이 쌓고 창문도 1층에서 4층까지 움직이지 않게 하고 하얀 페인트로 칠했다. 그리고 도깨비 길에 가는 산 주위도 담을 높게 쌓았다.

지난 몇 년 동안 아이들이 사라지는 일이 없었다.

그러다 며칠 전에 3학년 누나가 도깨비 길에 갔다가 돌아오지 않은 일이 발생했다.

경찰들과 마을 사람들이 1주일 동안 도깨비 길에 가서 아이를 샅샅이 찾았다고 했다. 사람들은 누군가가 아이를 납치했거나 가출했을 거라고 말했다. 심지어 아이가 달아날까 봐 집 안에 숨겨두었을 거라는 소문도 있었다.

지킴이 할아버지의 말은 달랐다. 아이가 도깨비 길에 갔다가 귀신들이 홀려서 데려갔다고 말했다. 할아버지가 내게 비밀이라면서 손자를 찾으러 도깨비 길에 갔다가 두 번이나 길을 잃을 뻔했다고 고백했다.

아이들도 도깨비 길에 갔다가 담장의 낙서를 보고 돌아왔다. 숲에 들어갔다가 길을 잃을 뻔한 아이도 몇 있었다.

나는 산속에서 헤매는 내 모습을 상상했다. 캄캄한 밤이면 사나운 동물의 공격을 받거나 도망 다니느라 며칠 굶어서 뼈만 앙상한 모습을 떠올렸다. 하지만 엄마를 찾는 일이라면 힘든 일이거나 두려움쯤은 이겨내야 한다고 여겼다. 그게 내가 엄마를 사랑하는 마음이라고 생각했다.

엄마가 사라지고 며칠 지나서 엄마를 찾겠다며 아는 형을 졸라서 함께 숲까지 갔었다. 또 한 번은 동생과 함께 담장까지 갔던 적이 있었다. 벽에는 흉측하게 그린 귀신 그림들과 위험을 알리는 경고들이 많았다. 나는 그림들을 가리키며 귀신들이 잡아가니까 가지 않는 게 좋겠다고 동생을 겁주었다.

그런데 지금 곰곰 생각해 보니 도깨비 길에 가야 할 이유가 많았다. 선생님은 내가 학교에 다니는 의욕마저 떨어뜨리게 하고, 연희는 나를 멀리하고, 반 아이들은 나의 행동을 이해하지 못하고, 마녀는 약물이 다 되어간다고 큰소리 뻥뻥 치고, 아빠는 소식이 없고, 엄마가 나타나지 않는 게 이유였다.

엄마를 찾으면 공부도 잘 할 것 같았다.

초록 도령을 만날 생각에 걸음이 빨라졌다.

내 몸에 흐르는 마법

나는 문득 도깨비 길에 가야 할지 신중할 필요가 있다고 생각했다.
달리기를 멈추고 주머니에서 돌멩이를 꺼냈다.

  '초록 도령을 만나러 가는 거야?'

돌멩이 여우가 주위를 둘러보며 물었다.

돌멩이들은 입술을 움직이려면 많은 에너지가 필요해서 눈동자 움직임만으로 말했다.

  '응!'

나는 숨기지 않았다.

  '도령들은 외출 금지령을 내렸어.'

  '3년이 지나면 외출 금지령이 해제된다고 했잖아.'

호랑이가 한마디 했다.

  '아직 3년이 지나지 않았을 거야.'

  '난 초록 도령을 만나고 싶어.'

  '초록 도령을 만나서 엄마를 찾고 싶다고 말하려는 거지?'

'응.'

'도령을 만나려면 음계를 친 신전을 지나야 하고. 특히 귀신들이 놓은 덫을 조심해야 하는데….'

여우가 걱정스러운 표정을 지었다.

'음계는 뭐고 신전은 또 뭐야?'

'매일 밤 이승에서 떠나지 못한 죽은 자들을 저승으로 보내는 의식을 치르는 신전이 있어. 그곳을 반드시 지나야만 도령들을 만나러 갈 수 있어. 그리고 사람들이 신전에 들어가지 못하게 귀신들이 놓은 덫이 음계야.'

여우가 차분한 표정의 눈으로 말했다.

'덫?'

'도깨비나 귀신은 괜찮은데 인간은 덫에 걸리면 미쳐버리는 거야.'

나는 처음 듣는 말이라 고개를 갸우뚱했다.

'너 혹시 자석의 주위에 쇠붙이를 놓으면 어떻게 돼?'

'달라붙지.'

'쇠붙이를 자석에 대지 않았는데 달라붙으려 하지. 그때 자석 가까이에 흐르는 힘을 자기장이라고 하는데, 덫이 그런 형태와 비슷해. 다만 자기장은 보이지 않는 힘으로 끌어당기지만, 귀신이 놓은 음계의 힘은 뇌에 들어가 두렵게 하는 거야. 미치는 거지. 이유는 도깨비나 귀신들은 사람들을 싫어하잖아. 그래서 그들의 생활권이라고나 할까. 영역이라고 할까. 그들이 마음 놓고 지낼 수 있는 영역 주위에다 사람들이 접근을 막으려고 두렵게 하는 힘을 펼쳐. 으스스하게 느끼게 한다든가, 폭풍우 치는 날 바람 소리처럼 음울한 울음소리를 낸다든가, 어둡게 한다든가. 소용돌이 안개로 길을 잃게 한다든가 해서 귀신들의 영역으로 사람들이 가까이 다가오지 못하게 하는 거지. 마법 세계에서는 그 힘을 마법의 힘이라고 해. 마법사나 정령의 피가 흐르는 우리의 눈에는 오로라처럼 뎇이 움직이는 게 보여. 실제로 길도 산도 움직이지 않아. 방향감각을 잃은 것뿐이지.'

'난 초록 도령을 만나러 갈 거야.'

'경운이 네가 엄마를 만나려는 간절함으로 귀신들이 방해를 뚫고 지날 수 있을 거야. 하지만 도령들은 외출 금지령이 내려졌으니 만나지 못할 수도 있어.'

'도령들이 외출 금지령이 내려졌다는 게 무슨 말이야?'

나는 여우에게 물었다.

'3년 전에 찰흙세계에 무슨 일이 있었는지 알아? 사랑에 눈먼 여자 하나가 333개의 비밀 방이 있는 탑에 숨겨둔 마법찰흙을 하나 훔쳐갔거든. 그게 다 초록 도령과 붉은 도령이 그 여자에게 사정 이야기를 듣고 불쌍하다나 연민이 갔다나 해서 마법찰흙이 있는 방을 알려주었기 때문이야. 그래서 지금은 아무도 들어갈 수 없게 막아버리고 경비병들이 삼엄하게 지키고 있어.'

'난 도령을 만날 거야. 반드시 만날 거야! 너희들이 도와줘!'

나는 절박하게 애원했다.

'우린 쫓겨날 때 마법의 힘도 빼앗기고 변신술도 못하는 돌멩이가 돼버렸거든. 눈동자만 굴릴 수 있을 정도의 약한 마법의 힘만 줬어. 그러니

까 우린 너를 위험에 빠뜨리거나 짐만 될걸.'

여우가 슬픈 눈으로 말했다.

'여우의 말을 들어. 우린 너를 위험한 궁지에 빠뜨릴 수 있어!'

호랑이가 충고했다.

'우리가 쫓겨 난 건 나쁜 오라 마법사의 계획이었어. 그가 우리에게 누명을 씌운 거라고! 오라 마법사가 우리 마법의 힘을 빼앗기 위해서.'

'맞아. 오라는 어렸을 때 마법사가 되기 위해서 부모도 친구도 팔아먹었어! 그리고 마을 사람들도,'

모두가 흥분된 붉은 눈이었다.

'그만해!'

용이 입을 크게 벌렸다. 그때 파란불이 뿜어져 나왔다. 아주 작지만 붉은 불이었다.

'무슨 말이야?'

'우리는 사부님이 도와주어서 몰래 도망쳐 나왔거든. 그래서….'

'도망쳐 나온 게 아냐. 우리는 한 가지 임무를 수행하러 나온 거야.'

'우린 저주를 풀고 우리의 권리를 다시 찾으려고 말이야.'

'우리도 한때는 마법사와 싸워도 밀리지 않았었는데…!'

호랑이가 기억을 더듬는지 눈을 감았다.

'우린 기가 필요해. 난폭한 마녀의 기라도 좋아!'

독수리의 눈빛이 빛났다.

'마녀의 기는 안 돼. 사부가 말했어. 좋은 기라야 좋은 일을 할 수가

있다고 했어!'

'우린 경운이에게 용기를 주어야 하는데 두려움에 떨도록 만들고 있잖아!'

용의 눈이 으르렁거렸다.

'두려워하지 마!'

용이 내게 용기를 주었다.

'두려움을 이기는 방법을 알려줄까?'

여우가 눈을 찡긋했다.

나는 고개를 끄덕였다.

'두려움을 느낄 때마다 네가 바라는 엄마를 찾아야겠다고 생각해. 엄마가 너에게 해줬던 고마운 일이나 좋은 일을 생각하면 용기가 생겨.'

'엄마!'

나는 엄마와의 추억을 떠올렸다. 하지만 엄마가 사라진 후로 마녀와 보냈던 일들만 떠올랐다. 마치 엄마와 살았던 날은 아주 짧고 새엄마와 함께 지냈던 삶은 생생하고 오랜 세월을 보낸 것처럼 느껴졌다.

'야! 지금 누군가가 우리 뒤를 쫓아 오고 있는 것 같아?'

여우가 눈을 감고 귀를 쫑긋 세웠다.

'몇 명이야?'

'한 명.'

'성민일 거야. 빨리 가자.'

나는 달렸다.

성민이라면 달리기가 빠르니까 화장실에서 나와 교실에 들렀다가 지금쯤 내 뒤를 바짝 따라 왔을 수 있었다.

　'설명만 들어. 네가 우리 돌멩이를 손에 꼭 쥐고 있으면 우리 다섯의 마법이 하나로 뭉쳐서 네 몸으로 흐르게 할 거야.'

　'그게 가능할까?'

　'가능해. 너는 우리와 이야기를 나누는 인간 아이 중 아주 특별한 아이였어. 아마 너의 몸속에는 마법의 힘이 흐르거나 정령의 힘이 흐르고 있으니까 가능해. 그래서 우리의 힘이 너의 몸으로 흘러서 올바른 길로 가도록 도와줄 거야.'

　모두 여우의 말에, 함께하겠다고 눈동자를 껌벅였다.

　나는 이들이 뭐라고 말하는지 이해하지 못했다. 다만 이들이 도와주겠다는 말은 이해했다.

　'마법의 힘을 100으로 봤을 때 우리 하나의 힘은 눈동자만 움직일 수 있는 10에 불과해. 우리는 너에게 줄 수 있는 힘은 9야. 나머지 1은 우리도 생명을 보존해야 하거든. 그러니까 우린 다섯이 합해서 너에게 45의 마법의 힘을 줄 수 있어. 아마 넌 45의 힘을 받으면 너의 몸속에 흐르는 마법의 힘이 두 배나 세 배로 늘어날 수 있어. 너에게 초자연적인 힘이나 마법의 피가 흐르니까 가능하단 말이야.'

　'알았어.'

　'우리가 너에게 방향을 지시하면 너는 너 자신도 모르게 확신이 서는 거야. '이 길로 가면 맞아'라는 자신감이나 확신을 다른 말로 방향 의지라고 해. 사람들은 그걸 신의 계시를 받았다거나 영감이라고 해.'

　나는 이들의 이야기를 들을 때마다 놀람의 연속이었다.

'방향 의지?'

'사람들이 길을 잃었을 때 흔히 하는 방법이 있지. 손바닥에 동전이나 돌멩이 하나를 놓고 탁! 치면 동전이나 돌멩이가 날아간 방향을 보고 사람들은 자신이 가야 할 방향을 찾은 거지. 이때 너희들은 보이지 않겠지만 열 중 한번은 착한 정령들이 도와준 거야.'

'애들이 그랬어. 우린 시험 볼 때 연필을 돌려서 방향을 가리킨 번호를 찍으면 맞을 때가 있다고.'

'후후! 그땐 정령이 도와주지 않아. 정령도 쓸데없는 곳에는 참견하지 않거든.'

여우의 말에. 나는 시험볼 때 모르는 문제를 연필을 굴려 찍었던 기억을 떠올렸다.

'의지에는 여러 가지가 있어. 이걸 가질지 저걸 가질지 고르는 의지, 이 말을 해야 할지 말아야 할지 판단 의지 등 의지는 아주 많아. 그중 우리는 네가 어느 길로 가야 할지 방향을 알려주는 방향 의지야. 넌 모르긴 해도 방향 의지의 힘을 받으면 이 길로 가고 싶다 라고 너 자신도 모르게 발걸음이 마음과 함께 움직이는 거야. 그게 방향 의지야.'

'고마워!'

'또 한 가지 조심할 게 있어. 40 이상만 돼두 귀신이나 도깨비는 물론 덫까지 잘 볼 수 있어. 넌 그들을 못 본 척 해. 눈길을 주거나 아는 척 하지 마. 며칠 전에 여자아이가 귀신을 봤다고 소리쳤다가 녀석들이 어디론가 데려가 버렸거든. 그러니까 넌 엄마를 찾으려면 귀신을 봐도 어떤 척도 하지 마. 아주 골치 아픈 일이 벌어지니까.'

나는 이들의 말을 흥미롭게 들었다. 무엇보다 내게 귀신이나 도깨비가 놓은 덫을 볼 수 있다는 게 두려운 마음이 조금 사라졌다.

이들은 행운을 빈다며 외치듯이 눈에 힘을 주었다.

나는 이 일을 해내겠다고 입술을 꽉 다물어서 대답했다. '엄마를 찾아야 해.'라고 두 번 되뇌었을 뿐인데 용기가 피를 타고 온몸으로 퍼져나가는 것 같았다. 돌멩이를 쥔 손에는 따스한 온기가 전해지면서 마음이 안정되는 걸 느꼈다.

이승에서 떠나지 못한 두 아이

"어!?"

담장이 끝나는 지점이었다. 지킴이 할아버지가 무릎을 꿇고 숲을 바라보고 있었다. 초록 도령과 붉은 도령이 있다는 숲이었다.

뽕철이의 말이 옳았다.

사촌 형이 이야기했다면서, 11년 전에 지킴이 할아버지의 손자가 도깨비 길에 갔다가 돌아오지 않았다고 했다. 그 일로 할아버지는 학교 지킴이를 자청했고 아침 공부 시간이면 손자를 찾으러 도깨비 길에 간다고 했다. 그뿐만이 아니었다. 할아버지가 우리 학교 선생님이었고, 교장 선생님이었다고 했다.

'손자가 돌아오게 해달라고 기도하는 걸까?'

지킴이 할아버지의 표정은 간절하고 경건하기까지 했다. 방해하면 안 될 것 같았다.

아직 성민이는 보이지 않았다. 지금쯤 나를 찾으러 가까이 왔을지도 모른다.

나는 지킴이 할아버지의 등 뒤로 돌아서 숲속으로 들어갔다. 두 갈래 길이 나오면 그중 오른쪽 길이나 큰길을 택했고, 길이 없으면 곧장 나아 갔다.

전에 살던 동네의 산과 별반 다르지 않았다.

소나무, 참나무, 아카시아, 서어나무 그리고 이름 모를 나무들, 바위 심지어 잡초들도 비가 와서 쓰러진 나무까지 비슷했다. 가끔 청솔모와 박새도 보았다. 다르다면 커다란 나무들이 많았고 사람들이 다닌 흔적이 없다는 것뿐이었다.

친구들도 도깨비 길에 갔다가 길을 잃을까 봐 돌아왔다. 그중에 뻥철이는 동네 형들하고, 연희는 친구들하고 도깨비 길에 발을 들여놨다가 돌아왔다고 고백했다.

나는 좀 더 일찍 왔더라면 하는 생각까지 했다. 돌멩이에게 '이 길이 맞기는 한가' 라고 두 번이나 물었지만 대답이 없었다. 가진 기를 10 중 9를 주고 나머지 1로 생명을 유지하는 돌멩이에게 미안했다.

덤불이나 바위 그리고 나무를 피해 앞으로 천천히 나아갔다.

털실로 짠 스웨터에 밤색 두꺼운 바지를 입었지만 추었다. 나는 오른손과 왼손을 번갈아 가며 팔을 문질렀다.

해는 구름 속에 숨었고 바람은 나무 꼭대기에 있는 나뭇가지를 흔들었다. 조금 전까지 보았던 청솔모와 박새는 숨었는지 그림자조차 보이지 않았다.

그때 뒤에서 나뭇가지가 딱 하고 부러지는 소리가 났다. 나는 깜짝 놀라 뒤를 돌아다 보았다. 내가 왔던 길엔 나무와 각종 덤불뿐 사람은 보이지 않았다.

'잘못 들은 건가?'

다시 귀를 곤두세우고 걸었다. 열 걸음쯤 걸었을 때 고개를 돌려 뒤를 보았다.

그림자 하나가 커다란 떡갈나무 뒤로 사라졌다. 잘못 보았나 싶어서 잠시 떡갈나무를 바라보았다. 아무것도 나타나지 않았다. 다시 커다란 바위를 돌아 갈참나무와 서어나무 사이를 걸었다. 숲에 깊숙이 들어왔다고 생각할 때였다.

휘이! 휘이! 소리가 괴기하게 들렸다. 소리가 나는 곳이 오른쪽인지 왼쪽인지 분간할 수가 없었다.

'새 울음소리인가?'

"어?"

땅 위로 안개가 스멀스멀 피어올랐다. 휘이! 휘이! 소리는 휘파람 소리처럼 조금 전보다 또렷하게 들렸다. 마치 잘 불지 못하는 휘파람 소리 같았다. 바람 한 점 없는데 안개가 모였다가 흩어지고 흩어졌다가 모였다. 다른 한 곳에서는 안개가 소용돌이쳤다. 하늘에는 구름이 해를 삼켰고, 나뭇가지는 덩달아 춤을 추었다. 귀신들이 날 놀라게 하려고 장난친 게 분명했다.

'도깨비 길?'

몸은 긴장하여 움츠러들고 뻣뻣했다. 빨리 여기를 벗어나야겠다는 생각 밖에 없었다. 눈은 사방을 살피느라 바빴고, 발은 앞으로 내딛는 데 바빴다. 서두르다 보니 쓰러진 나무나 돌에 발이 걸리거나 움푹 파인 땅을 디디다 비명을 지르며 넘어지기 일쑤였다.

휘이! 휘이-!

낄낄낄!

사방에서 들렸다.

'여긴 우리의 땅이야! 들어오지 마라! 여긴 우리의 땅이야! 들어오지 마라!'

사방에서 음산한 소리가 앵앵거렸다.

더럭 겁이 났다.

그때 긴 꼬리를 가진 푸른 불빛이 숲에서 나타났다가 덤불 속으로 사

라졌다.

　하나,…둘, 셋,…그 수효가 빠르게 불어났다. 텔레비전에서 봤던, 개똥벌레들이 춤을 추는 것 같았다.

　'귀신들이야.'

　돌멩이를 쥐었던 손에서 혈관을 타고 심장으로 머리로 전해졌다.

　'귀신들이 내 코앞에 와서 무슨 짓을 해도 넌 귀신들이 보이지 않는 것처럼 앞만 보고 걸어. 녀석들이 네 걸음걸이나 숨소리, 표정 하나 놓치지 않고 사방에서 지켜보고 있어. 지난번 여자아이처럼 겁을 먹고 울거나 소리를 지르면 안 돼!'

　'알았어.'

　'넌 지금 귀신들의 땅인 음계의 첫 번째 길에 들어선 거야. 100미터만 가면 의식을 치르는 음계의 두 번째 신전이 나올 거고.'

　'알았어.'

　'곧 귀신들이 모습을 드러낼 거야. 이제부터 귀신들이 널 시험해 볼 거야. 침착, 침착, 침착하라고.'

　'시험?'

　'내가 말했잖아. 귀신들이 귀찮게 하거나 괴롭힐 수도 있어. 예를 들어 네 코를 비틀거나 발길질로 네 정강이를 찰 수도 있고 네 겨드랑이를 간지럽힐 수도 있어. 하지만 네 몸은 손끝 하나 건드리지 않아. 그렇게 눈에 보일 뿐이야.'

　그때 오른쪽 커다란 상수리나무 뒤에서 눈이 퀭한 귀신이 얼굴을 내밀었다. 머리끝부터 발끝까지 검은 망토를 썼다. 쥐구멍처럼 뚫린 눈에서 푸른 눈빛이 번쩍였다.

귀신들이 사방에서 모습을 드러냈다. 나무 위에서 내려오거나 뒤에서 나타나기도 하고 덤불 속과 바위 뒤에서도 나타났다. 귀신들이 구경거리라도 되는 듯이 내 곁으로 모여들었다.

성민이가 있었다면 무서움도 반으로 줄었을 텐데 라고 생각했다.

나는 앞만 보고 계속 걸었다.

하지만 내 눈에 들어온 귀신들을 보지 않는 건 어려웠다. 마치 팔에 모기 한 마리가 있다고 치자. 그걸 쫓지 않고 버틸 수 없듯이.

귀신들의 모습은 제각각이었다.

상반신만 있는 귀신, 헝클어진 머리카락이 무릎까지 닿는 귀신, 팔이 없는 귀신, 망토를 걸친 귀신, 소나 말, 개처럼 생긴 귀신들도 있었다.

내 몸은 두려움으로 움츠러들고 딱딱하게 굳었다. 다리가 후들후들 떨렸다. 뒤에서 귀신이 어깨를 잡아당기기도 하고 내 가슴을 뼈만 남은 손가락으로 찌르기도 했다. 하지만 그건 시늉뿐이고 옷자락 하나 흔들리지 않았다.

귀신들의 목적은 내가 놀라서 살려달라고 외치거나 달아나길 바라는 것 같았다. 어쩌면 울면서 엄마를 찾는 걸 바라는지 몰랐다.

나는 "조금만 더 가면 돼. 다 왔어!" 하고 계속 주문을 외며 걸었다.

그중 머리를 뒤로 묶은 여자아이 귀신이 내 앞으로 다가왔다. 그리고 나에게 '너 나 보이지?'라고 귀신의 말로 다짜고짜 물었다.

나는 무시했다.

'그러지 말고 날 봐. 나 보이지? 난 네가 날 보고도 못 본 척한다는

걸 알고 있거든! 네 눈동자가 나를 볼 때 당황하는 걸 봤어!'

여자 귀신은 내 또래이거나 나보다 한두 살 위로 보였다. 여자 귀신의 목소리는 호오! 호오! 나뭇잎을 입에 물고 부는 소리 같았다.

사람들이었다면 귀신들의 소리만 들었을 것이다.

나는 여자 귀신이 말할 때 눈이 마주쳤다. 모른 척하는 데 실패했다.

'미안하지만 돌아가 줘. 우린 지금 이곳에서 의식을 치르는 중이야! 이승에서 떠나지 못한 내 동생 둘을 오늘 저승으로 보내는 날이거든! 만약 내 동생들이 오늘 밤 여길 떠나지 못하면 이승에서 평생 떠돌며 고통스럽게 살아야 해!'

여자아이 귀신이 눈앞에 바짝 다가와 애원했다. 내게 동생이 저승에 가지 못한 책임이 있다고 말했다.

나는 여자아이 귀신이 말을 처음부터 끝까지 모두 들었다. 하마터면 미안하다고 눈으로 말할 뻔했다.

'도와줘! 평생 한 번 있는 이승에서 저승으로 가는 기회야. 그런데 지금 네가 방해하고 있는 거야! 제발! 제발 돌아가 줘!'

여자아이의 푸른 불빛의 눈은 슬펐다. 눈에서 금방이라도 눈물을 주르륵 쏟아질 것만 같았다.

'3일 전에 차가 뒤집혀서 교통사고로 죽었어!'

이번에는 여자아이가 내 앞에 무릎을 꿇고 두 손을 모아서 싹싹 빌었다. 여자아이 귀신의 눈을 보면 동생의 간절한 눈빛을 떠올리게 했다. 그리고 다른 귀신들도 여자아이의 소원을 들어주라고 외쳤다. 어떤 귀신은 기다란 막대기로 내 몸을 찌르기도 하면서 방해했다. 모두 내 몸에 닿았을 때 바람처럼 그리고 옷깃을 닿은 느낌이었다. 주름이 쭈글쭈글한 할머니 귀신 하나는 네 팔목을 붙잡고 여자아이 귀신의 소원을 들어달라고 호통쳤다.

'이승에서 떠나지 못하면 나중에 저승에 간 엄마와 아빠를 만날 수 없어! 저기 둥근 원 안에 있는 아이 두 명 보이지? 내 동생은 이제 일곱 살과 열 살이야. 엄마가 보고 싶다고 밤마다 울고 다녔어!'

여자아이가 손가락으로 가리킨 곳은 10여 미터 떨어진 넓은 공터였다. 둥글게 둘러싼 푸른빛으로 일렁였다. 주위에는 솜털처럼 하얀 안개가 두 아이의 주위를 돌고 있었다. 두 아이는 두 손을 모아 턱밑에 대고 기도하고 있었다. 아이 앞에는 나이를 가늠할 수 없는 할머니가 두 손을 하늘을 향해 들고 뭐라 소리치고 있었다. 기도를 빨리 끝내려고 하는지 호오호오! 소리가 점점 빨라졌다.

'초록 도령을 만나려면 신전을 지나가야 해!'

돌멩이 여우가 내 손가락 끝을 간질이며 내 마음으로 전해져왔다.

'다른 길은?'

'신전으로 들어가야 초록 도령을 만날 수 있는 길이 보여. 두 아이는 저승에 가는 길이 보일 테고.'

'어떻게 그런 일이?'

'그러니까 도깨비 길이라는 거야. 넌 산 사람이니까 저승에 가는 길이 보이지 않고 도령을 만나러 가는 길이 보이는 거야.'

나는 어금니를 앙다물었다. 세 걸음만 내디디면 신전에 들어설 수 있었다.

여자아이 귀신의 애절한 눈빛은 마지막 부탁이라고 말했다. 몸이 바르르 떨었다. 드러난 광대뼈, 퀭한 눈과 코, 가지런히 난 이가 있는 여자아이가 사람이었다면 연희처럼 예뻤을 것 같다는 생각이 들었다.

여자아이는 내가 자신의 얼굴을 바라보고 잠시 망설인 걸 알고 있었다. 다른 귀신들이 알아차릴까 봐 말로 표현하지 않을 뿐이었다. 다시 한 번 눈이 마주쳤을 때 여자아이가 '제발!'이라고 애절하게 부탁했다. 여자아이의 눈에서 푸른 눈물이 흘렀다. 뼈뿐인 손과 발 그리고 얼굴까지 스르르 무너졌다. 마치 뼈로 조각을 맞춘 몸 같았다. 이제는 여자아이는 흔적이 없고, 여자아이가 걸쳤던 망토가 땅 위에서 흐느적거렸다. 그 위에는 희미한 푸른빛 눈동자만이 여전히 눈물을 흘리며 움직였다. 그 움직임이 점차 약해지고 있었다. 내가 귀신을 볼 수 있다는 걸 여자아이가 희생하면서도 지켜줬다.

'안 돼! 안 돼!'

여기저기서 귀신들이 외쳤다. 귀신들은 눈물을 흘리면 남은 마지막 영혼마저 빠져나간다고 옆에 여자아이가 말했다.

나는 초록 도령을 만나 엄마를 찾아야 한다. 며칠 전에는 마녀가 만든 하이에나 찰흙인형이 진짜 하이에나처럼 침을 질질 흘리고 나를 물려고 으르렁거리기까지 했다. 마녀가 말했다. 며칠 있으면 약이 다 만들어질 거라고. 내가 초록 도령을 만나러 가면 두 아이는 이승에서 누나를 잃고 떠돌며 살 거라는 생각이 나를 무척 힘들게 했다.

소름이 돋을 만큼 웃음을 흘리는 마녀의 미소가 떠올랐다.

'가지 마!'

내가 발을 떼자, 또 다른 여자아이 귀신이 팔을 벌리고 앞을 가로막았다. 눈에서 푸른 눈물이 볼을 타고 흘러내렸다. 그리고 여자 귀신도 방금 여자 귀신처럼 옷만 남기고 사라졌다. 또 다른 귀신이 다가왔다. 어린 남자아이 귀신이었다.

둥근 원 안에는 두 아이 귀신이 무릎을 꿇고 고개를 숙인 채 마주 앉아 있었다. 오른쪽 남자아이는 내 또래로 보였고, 왼쪽 여자아이는 얼굴이

통통한 내 동생 또래였다. 어젯밤에도 엄마를 그리워하는 동생의 눈빛과 닮았다. 어쩌면 그들의 소원이 내가 엄마를 찾으려 하는 간절한 소원과 같을지 몰랐다. 할머니 귀신의 기도가 마지막 기도처럼 커졌다가 작아지기를 반복했다.

두 아이 주변은 아무도 들어갈 수 없도록 푸른 불빛으로 둥글게 감싸고 있었다. 그리고 불빛 주위에는 귀신들이 빙 둘러앉아 바라보고 있었다.

내가 귀신을 볼 수 없다는 걸 보이려면 두 아이 귀신의 사이를 지나 할머니 귀신을 밀어뜨리고 지나가야 했다. 방향을 찾는 의지가 그렇게 지시했다. 나는 비켜 갈 수 없는지 돌멩이게 물었다. 대답이 없다. 그렇다면 방향 의지대로 가야 한다. 귀신이라 하지만 할머니를 밀치고 가는 건 왠지 마음이 편하지 않았다.

방금 남자아이가 사라지고 또 다른 귀신이 다가와 무릎을 꿇고 빌었다. 나이 많은 할아버지 귀신이었다. 32년 동안을 이승에 남아 떠돌았다고 말했다.

'불속에 들어가는 고통과 시련은 겪을 수 있지만 가족을 보고 싶은 건 견딜수 없더구나. 친구들의 희생을 모른 척하지 마라!'

할아버지가 말했다.

나는 눈을 질끈 감았다.

초록 도령과 붉은 도령

'고마워! 우리의 소원을 들어줘서!'

귀신들이 말했다. 퀭한 눈은 감정은 없었지만 많은 고마움이 담긴 걸 그냥 알 수 있었다.

나는 분명 내 방향 의지는 음계가 친 신전을 향해 발을 디뎠다. 하지만 다리는 음계를 돌아서 갔다. 나도 왜 그런 행동을 했는지 뒤늦게야 알았다. 여자아이의 마음을 읽는 순간 내 동생이 떠올랐다. 동생은 잠이 들기 전에 그리고 다음 날 아침 눈을 뜰 때마다 눈동자를 보면 엄마를 그리워하는 마음이 깊은 걸 알 수 있었다.

'네 소원을 하나 들어줄 게!'

눈 큰 여자아이가 밝게 웃으며 말했다.

나는 눈 큰 아이를 빤히 바라봤다. 주위에 몰려든 귀신들도 말하라고 부추겼다. 그중에 키가 작은 남자아이 귀신이 말했다. 여자아이가 3년 전에 인간의 방해를 받고 이승을 떠나지 못했다고,

'난 초록 도령을 만나야 해.'

'걱정하지 마. 우리가 도와줄 게.'

귀신들이 앞장섰다.

'도령들이 가끔 갇혀 있는 게 답답하다고 나와 있는 걸 봤거든.'

키가 큰 귀신이 말했다.

안개가 오른쪽에서 왼쪽으로 파도처럼 움직였다. 천천히 움직였다가 빠르게 움직이기도 했다. 귀신들은 손을 퍼덕이지 않고도 몸을 공중에 띄운 채 날아갔다. 내가 딛는 발소리 외에는 조용했다. 나무가 우거진 숲은 어두워서 음산하기까지 했다.

'앞으로 100미터 걸어가면 초록 바위와 붉은 바위가 나타날 거야. 도령이 나타날 때까지 기다리면 돼.'

눈 큰 아이가 말했다.

귀신들은 행운을 빈다고 말하고 안개처럼 사라졌다.

뒤를 돌아다보니 신전도 귀신도 보이지 않았다. 헛것을 보았나 싶었다.

조금 걸어가자, 눈앞에는 여자아이가 말했던 것처럼 우뚝 솟아있는 커다란 바위 두 개가 나타났다.

나는 눈앞의 광경에 놀라 숨이 턱 막혔다. 그리고 엄마를 찾은 것처럼 기뻤다.

초록 바위에는 초록 도령이, 붉은 바위에는 붉은 도령이 걸터앉아 있었다. 초록 도령은 옷과 머리카락까지 모두 초록이고, 붉은 도령은 모두 붉었다. 나이는 내 또래이거나 한두 살쯤 많아 보였다. 어쩌면 백 살일지 모른다. 왜냐면 옛날에도 도령이라고 불렀으니까,

그들은 나를 보자마자 깜짝 놀란 표정을 지었다. 표정만 봐서는 '이게 말이 돼?'라고 말했다.

"흥! 둘이군!"

붉은 도령이 콧방귀를 뀌었다.

'누구지?'

나는 뒤를 돌아다보았다.

뿌연 안개 위로 아름드리나무들뿐이었다. 여기까지 오는 동안 수차례 뒤를 확인했었다. 숲속에 들어섰을 때도 지킴이 할아버지가 자리에 꼼짝하지 않은 걸 마지막으로 봤다. 성민이라면 내가 도깨비 길에 들어가게 내버려 두지 않았다.

"우리의 이야기는 들었겠지?"

붉은 도령이 왜 위험을 무릅쓰고 왔느냐는 투였다.

"미리 말해두겠는데 넌 우리 둘을 봤다. 좋은 일과 나쁜 일이 함께 생길 거다. 그러니까 소원을 신중하게 선택해서 말해라."

초록 도령의 표정은 진지했다.

"엄마를 찾고 싶어요!"

나는 마음에 품은 소원을 말했다. 내게 나쁜 일이 생긴다 해도 엄마를 찾으면 마녀를 내쫓고 과거처럼 생활이 돌아갈 수 있다고 확신했다. 내게 나쁜 일이라면 아프거나 집에 돌아가 마녀한테 혼나는 일밖에 없다고 생각했다.

"엄마를 찾고 싶다고?"

초록 도령이 '이건 말도 안 돼'라는 큰 눈으로 나를 봤다.

"다른 소원으로 바꿀 생각은 없나?"

초록 도령이 심각한 표정으로 물었다.

"엄마를 찾을 거예요."

나는 생각이 바뀔 수 없음을 분명히 했다.

"네가 엄마를 찾으면 너와 네 가족 중 한 사람을 잃거나 위험해질 수 있다. 그래도 엄마를 찾을 거냐?"

"왜요?"

"왜라니? 내가 방금 설명했잖아. 너는 우리 둘을 봤으니까 좋은 일과 나쁜 일이 한꺼번에 일어나는 거라고."

"초록 도령의 말이 맞다. 네가 엄마를 찾겠다고 고집을 부린다면 초록 도령이 네 소원을 들어줄 수 있다. 하지만 좋지 않은 일은 내가 해야 하니까 괴롭단 말이다!"

붉은 도령이 말하면서 인상을 찌푸렸다.

"나쁜 일이 조금 일어나게 하면 되지요."

나는 '그까짓 것 간단하잖아요' 라는 투로 대꾸했다.

"일이 그렇게 쉽지 않단다."

초록 도령은 착 가라앉은 목소리로 말했다.

"사람들은 우리가 소원을 이뤄주는 줄 알고 있다. 사실은, 너희들의 소원을 말하면 우리는 소원의 신께 전달하는 전달자야. 너희가 바라는 소원을 신에게 전하면 오늘같이 우리 둘을 봤을 때 신이 좋은 소원과 나쁜 소원을 균등하게 하는 균등저울이 한쪽으로 기울어지지 않게 나쁜 소원도 알맞게 정하여 준단다. 그래서 네가 바라던 데로 이뤄질 수 없단다."

초록 도령이 걱정스러운 목소리로 말했다.

"네 엄마를 찾으면 동생이나 아빠를 잃을 수도 있다는 뜻이야."

"마녀를 쫓아내고 싶어요."

나는 마녀를 내쫓고 엄마를 찾는 일도 좋은 방법이라고 여겼다.

"새엄마 말이냐?"

붉은 도령이 새엄마를 알고 있다는 투로 말했다.

"네."

"마녀가 너희 둘을 잘 해주는데. 고작 청소하고, 3일에 한 번 옷 갈아입고, 받아쓰기 틀린 낱말 백 번 쓰라는 것 때문이냐?"

"또 있어요! 우리가 말을 듣지 않으면 구렁이로 만들어버리겠대요."

"마녀를 내쫓는 건 엄마를 찾는 것만큼 어려운 일이다. 너희 가족 중에 한 사람이 크게 다칠 수가 있단다. 마녀는 마법이나 여러 가지 속임수로 상대를 꼼짝 못 하게 하거든. 그러니 다른 소원은 없는지 잘 생각해 봐라."

"맨날 주방에서 까만 깨 세 알에다 모기 다리 여섯 개, 파리 날개 하나, 붉은 장미 꽃잎 두 개 그리고 이상한 물과 가루를 조금 넣고 끓여요. 그리고 '짜쭈짜쭈, 콩폭콩폭' 이런 이상한 주문도 외고요. 그렇게 만든 약병이 마녀 방에 있는 오백 개쯤 돼요."

나는 삼백 개쯤 되는 걸 부풀려 말했다. 그래야 소원을 들어줄까 하고,

"그래?"

"마녀찰흙인형과 유나찰흙인형이 나를 협박하고 괴롭혀요."

"방금 마녀찰흙인형과 유나찰흙인형이 협박하고 괴롭힌다고 했지? 거짓말 아니지?"

초록 도령이 놀라 물었다.

"아침에 일어날 때마다 마녀찰흙인형이 무섭게 나를 노려봐요. 그리고 유나찰흙인형 때문에 억울한 게 많아요. 공부 시간에 유나찰흙인형이 나를 놀려서 화낸 건데, 내 짝꿍은 내가 자기한테 화냈다고,"

"찰흙은 어디서 났느냐?"

초록 도령이 내 말을 자르고 물었다.

"마녀가 우리 집에 올 때 주었어요."

"찰흙을 좋아하지?"

"네."

"마녀의 덫에 걸렸구나."

"덫에 걸렸다고요?"

"새엄마가 마녀라고 했지. 마녀가 너에게 준 찰흙은 마법찰흙이야. 네 마음을 들여다보는 데 쓰이는 마법찰흙의 일종인 마음찰흙이지. 너는 마음찰흙으로 마녀를 만들 때 온갖 저주를 퍼부었을 거야. 그래서 마녀찰흙인형이 네가 마녀를 미워하는 마음을 그대로 드러내느라 널 매일 밤 괴롭히는 거야."

"찰흙이 어떻게…?"

"마녀가 네게 마법찰흙을 준 이유야. 네 마음을 알고 싶은 거야. 다시 말해서 널 감시하기 위해서야."

"날 감시하기 위해서 준 거라고요?"

나는 마녀의 속임수에 당했다고 생각하자 분했다. 마녀가 준 찰흙으로 만든 찰흙인형을 부술 때마다 저주를 퍼부은 것도 모자라 휴지통이나 학교 쓰레기통에 또는 길가 쓰레기봉투에 찰흙인형들을 버렸다.

마녀가 이 사실을 알고도 지금까지 시치미를 뚝 뗐다니 집에 돌아가는 게 두려워졌다. 무엇보다 엄마가 준 붉은 눈 찰흙이 든 곰인형을 관심을 두지 않은 게 천만다행이었다.

"설명하자면 마녀는 뭔가 찾으려고 너희 집에 온 거야. 아주 중요한 뭔가를 찾고 있어. 넌 그거를 가지고 있고, 마녀는 그걸 찾기 위해서 마법찰흙을 준 거야. 넌 그것도 모르고 마법찰흙으로 마녀를 미워하면서 만든 거고."

초록 도령이 말했다.

"마녀가 찾는 게 뭔데요?"

"찰흙세계에서 잃어버린 붉은 눈이 있는 마법찰흙일 거야."

"붉은 눈이 있는 마법찰흙이라고요?"

나는 초록 도령이 곰인형 뱃속에 숨긴 붉은 눈 찰흙을 두고 말하자 놀랐다. 다행이 거리가 멀어서 내가 놀란 걸 도령이 못 본 거다.

"네가 가진 찰흙 중에 이상하거나 의심이 가는 찰흙은 없나?"

"문방구에서 파는 찰흙으로 만든 찰흙인형뿐인데요."

나는 거짓말했다.

"엄마가 주었거나 생일 선물로 받은 찰흙은 없고?"

"네."

내가 대답하자, 두 도령은 서로 이해할 수 없다는 듯이 눈빛으로 주고 받았다.

"마녀가 가져온 또 다른 찰흙은 없지?"

"안방에 손대지 않은 찰흙이 많아요. 그리고 마녀가 만든 찰흙인형 들도 많아요. 모두 괴물 같이 생겼는데 우리가 만지면 구렁이가 된댔어 요."

"우리가 염려했던 데로 마녀가 뭔가 계획을 세우고 있거나 잃어버린 마법찰흙 같은 것을 만들고 있는 것 같은데…."

초록 도령이 붉은 도령에게 작은 소리로 속삭였다.

"아빠가 뭐라던?"

붉은 도령이 물었다.

"아빠는 거짓말이래요. 찰흙인형이 어떻게 움직이느냐며 거짓말하지 말래요. 마녀는 앞으로 큰 질병이 생길 때 쓰려고 약을 만드는 거래요. 아빠는 마녀 말만 믿어요."

"인간들의 눈은 보이거나 움직이는 것만 믿을 뿐 움직이지 않거나 보이지 않는 것은 믿으려고 하지 않지. 설사 찰흙인형이 움직이는 걸 봤다 하더라도 '내가 뭘 잘못 봤겠지' 라면서 찰흙에 불과하다고 단정해버린 단다. 그러니 마법찰흙을 믿지 않는 것은 인간다운 생각이지."

"하지만,"

"마음찰흙으로 만든 마녀찰흙인형이 새벽에 움직이고, 유나찰흙인형 은 학교에만 나타난다고 했으니까 아직 초기 단계의 마법찰흙이라는 걸 알 수 있구나. 그 이유는 찰흙인형들의 몸속에는 마녀가 정해놓은 시간에만 움직였으니까."

"그게 무슨 말이에요?"

"다시 말해서 마녀찰흙인형은 새벽에 활동하게 하고, 유나찰흙인형은 네가 학교에서 공부할 때 움직이게 마녀가 시간을 정해놓았다는 뜻이야. 이것은 마법의 힘이 약하다는 뜻이야. 만약 마법의 힘이 강했다면 온종일 널 괴롭혔을 테니까."

"또 있어요. 지난번에 하이에나 찰흙인형에다 약물을 먹였더니 진짜 하이에나처럼 움직였어요! 침도 질질 흘리고요. 날 물려고 했어요! 그리고 토끼 인형은 몸이 두 배로 커지고 눈하고 입도 움직였어요."

"그게 사실이냐?"

초록 도령과 붉은 도령이 놀란 표정을 지었다.

"마녀가 말했어요. 며칠만 지나면 약이 다 만들어질 거라고요."

"영원히 죽지 않는 싸움찰흙을 만들고 있군. 이거 큰일이군!"

초록 도령과 붉은 도령이 심각한 표정으로 이야기를 잠깐 나누었다.

"우리가 마녀를 내쫓거나 없애는 걸 허락해주는 이유는 하나야.

"마녀가 만든 약을 없애거나 실험을 막아야겠구나. 왜냐면 마녀가 만드는 약들은 찰흙동물들이 마녀의 명령만을 따르게 하는 마법약이야. 한마디로 마녀의 명령으로 찰흙괴물들이 너희 가족을 없애라면 지구 끝에라도 쫓아가서 없애는 괴물들이야. 인간들이 가진 어떤 무기로도 괴물 찰흙인형들을 물리칠 수가 없어. 찰흙인형들은 영원히 사는 괴물들이야. 그래서 넌 하루바삐 마녀를 내쫓거나 마녀 방에 있는 약병들을 모두 없애야 해."

"총이나 대포를 쏘면 되지요?"

"넌 누구보다 마법찰흙으로 만든 마녀찰흙인형을 만들었기 때문에 잘 안다고 생각했는데.… 마법찰흙동물은 심장이 없어서 총이나 대포에 맞아서 부서지면 금방 상처가 아물게 돼. 불에도 타지 않고, 물에도 녹지도 않아. 아직은 마법찰흙동물에 대한 연구는 초기 단계에 불과해. 지난 번에 초자연적인 마법 현상부에서 마법사들이 대소동을 일으킨 뒤에야 부랴부랴 연구를 시작했어. 아직은 마법찰흙동물들을 꼼짝 못 하게 하는 약물이나 부적도 없어. 마녀의 명령 없이는 싸움을 멈추지 않아. 좀비보다 더 무서운 존재지."

나는 두려웠다. 지금까지 마녀를 없애겠다는 용기가 어디에서 솟았는지. 모르는 게 용기라고 엄마의 말이 옳았다.

"도와주시면 안 돼요?"

나는 애원했다.

"우리는 마녀를 너희 집에서 쫓아내는 일을 직접 도와줄 수 없지만 도움은 줄 수는 있단다!"

초록 도령이 미안해하는 표정을 지었다.

붉은 도령도 초록 도령의 말에 의견이 같다고 고개를 끄덕였다.

"힘내라!"

"인제 보니 너의 몸 속에 초자연적인 힘이 흐르고 있는 것 같다. 혹시?"

초록 도령이 내게 묻고 붉은 도령에게 '저 아이의 몸에 마법의 힘이 흐르지 않아?' 하고 눈빛으로 물었다. 붉은 도령이 그렇다고 고개를 끄덕였다.

"전 그건 몰라요."

"음!"

"다음 나무 뒤에 숨은 아이 차례야. 숨어 있지 말고 나와라!"

초록 도령이 외치자, 성민이가 떡갈나무 뒤에서 헤헤헤 웃으며 모습을 드러냈다. 이곳에 올 때 나뭇가지를 부러뜨린 게 성민이였다. 귀신들이 친 음계를 어떻게 통과했는지 궁금했다.

"너 어떻게 왔어?"

"헤헤헤!"

"어떻게 왔냐고?"

"너만 따라 왔어. 헤헤헤!"

"야!"

나는 성민이의 앞을 가로막았다.

하지만 힘이 센 성민이는 나를 밀치고 내가 섰던 자리에 섰다.

"꺼져!"

나는 성민이를 밀쳤다. 하지만 녀석은 '네가 때리고 밀어도 난 움직이지 않을 거야' 라고 헤헤헤 웃는 게 확연하였다.

나는 성민이가 바보라서 도움을 받기보다 놀림을 받는 게 더 싫었다.

'경운아, 넌 친구의 도움이 필요해. 특히 저 아이는 너를 도와주고 싶은 마음이 진심이야. '내면의 힘은 그 어떤 마법의 힘도 이길 수 없다' 라는 마법의 속담이 있다. 그동안 네 친구 내면의 힘은 마법의 힘보

다 강한 힘을 가지고 널 도와주었단다. 앞으로 그리할 거야.'

초록 도령이 눈빛으로 말했다.

'그래, 인간이 지금까지 자연의 초자연적인 힘에서 살아남은 것은 사랑의 힘과 믿음의 힘이 있었기 때문이야. 네 친구는 너를 돕겠다는 진정한 내면의 힘이 강했던 거야. 그래서 귀신들이 쳐놓은 덫도 무사히 통과할 수 있었단다.'

붉은 도령이 말을 보탰다.

"나도 알아. 새엄마가 마녀라는 것도 알아."

성민이가 헤헤헤 웃으며 말했다.

"누가 너보고 도와달라고 했어?"

나는 도령들의 말을 듣고 나서야 나쁜 기분이 한풀 꺾였다. 하지만 도깨비 길에 갈 때마다 녀석이 방해한 생각을 하면 분이 풀리지 않았다.

"나도 봤어."

"네가 뭘 봤어?"

"헤헤헤! 찰흙인형을 봤어. 지난번에 찰흙인형이 혀를 내밀고 널 놀리는 걸 봤어. 그리고 네 무릎에 구렁이를 놓는 것도 봤는데….'

성민이의 말에, 나는 깜짝 놀랐다.

연희도 내 뒤에 앉은 아이도 유나찰흙인형이 수십 차례 나타났지만 보지 못했다. 그래서 나만 찰흙인형을 보는 줄 알았다.

"경운아, 성민이의 말이 옳다. 마법찰흙으로 만든 인형은 마법을 믿는 아이만이 볼 수 있는데 성민이도 너처럼 마녀니 마법찰흙이니 믿는 아이니까 유나찰흙인형을 볼 수 있었던 거야. 넌 좋은 친구가 있다는 걸

행운으로 알아라."

초록 도령의 말에, 나는 더는 화를 낼 수가 없었다.

"지난번에 찰흙인형을 어디에서 샀는지 너한테 물어보려고 남았었어."

성민이는 내가 받아쓰기 10점 받는 날 이야기를 하였다. 성민이의 진지한 목소리는 나를 도와주려고 왔다는 믿음을 주기에 충분했다.

"소원을 말해 봐?"

"저는 경운이와 함께 다니는 게 소원이에유."

"야–!"

나는 성민이의 생각지도 못했던 소원에 화가 났다.

왜 하필 나와 같이 다니는 게 소원이냐고. 한글도 이름밖에 쓸 줄 모르니까 공부 잘하게, 장사하는 할머니가 돈을 많이 벌게 해달라고 말하라고 소리치며 성민이의 정강이를 발로 걷어찼다.

성민이가 아픈 정강이를 만지며 헤헤헤 웃었다.

내가 본 건 헤헤헤 웃는 성민이의 눈엔 '넌 내가 필요해' 라고 거듭 외치는 게 느껴졌다.

나는 발길질을 멈추었다. 내 마음이 움직인 건 아니었다. 성민이가 도움을 줄지, 주지 않을지 두고 보자는 생각이었다.

초록 도령과 붉은 도령이 의미 있는 미소를 지으며 고개를 끄덕였다.

"경운이와 함께 다니는 게 제 소원이에유."

"위험해도 괜찮겠어?"

"괜찮아유!"

성민이가 다시 한 번 나를 보면서 헤헤헤 웃었다. 마치 "나 잘했지"라고 칭찬을 바라듯이.

나는 성민이에게 '나는 싫거든!' 하고 사납게 쏘아붙였다.

"아주 괜찮은 아이야. 경운이에게 큰 도움이 되겠어."

"저 아이가 성민이의 마음을 모르는 거지."

초록 도령이 붉은 도령에게 속삭였다.

"너희들은 내가 손가락으로 가리킨 곳을 따라가면 찰흙세계에 가는 길을 안내하는 홍홍 할머니가 있을 거야. 홍홍 할머니가 말할 때 웃지 말고 진지하게 들어. 그리고 마법찰흙을 훔치거나 혼자 돌아다녀서도 안 돼."

나는 초록 도령이 오른손 손가락으로 가리킨 숲을 향해 걸었다.

"지금이라도 가고 싶으면 집에 가도 돼. 나 혼자 갈 거야!"

나는 성민이의 마음을 떠보려고 물었다.

"아냐. 나도 갈 거야."

성민이가 내가 떼어놓고 갈까 봐 바짝 따라붙었다.

나는 성민이가 따라오든 말든 무시하기로 했다.

초록 도령의 오른손 검지의 그림자가 숲으로 길게 뻗어있었다.

우리는 초록 도령의 검지가 가리키는 그림자를 따라 숲으로 걸었다. 손가락이 가리킨 그림자는 고무줄처럼 자꾸 늘어났다.

눈앞에는 오색구름이 몽글몽글 피어올랐다. 구름 뒤로 아름다운 성도 보였다. 우린 성에 누가 먼저 도착하나 내기라도 하듯 달렸다.